AF382040

ROAD TRIP

©2021. EDICO
Édition : JDH Éditions

77600 Bussy-Saint-Georges. France
Imprimé par BoD – Books on Demand, Norderstedt, Allemagne

Réalisation graphique couverture : © Cynthia Skorupa

ISBN : 978-2-38127-108-8
Dépôt légal : mars 2021

M.P. Copet

Road Trip

JDH Éditions

My Feel Good

1

Assise par terre, je regarde le jour se lever formant une lisière d'or au-dessus du parc au loin. Mon sac de voyage attend dans le couloir. Trois mois dans ce studio, je bats sans doute un record personnel. Je reste de moins en moins longtemps dans les meublés. Je commence à fatiguer, sans doute. En fait, il n'y a aucun doute, je sature. Les petits boulots en succession, les situations précaires et les studios pas chers dans des quartiers sans âme, je me suis perdue dans cette banlieue. Il est temps de changer. Il est temps de me trouver.

Définitivement, je n'accepte plus aucun poste d'accueil en milieu médical, je ne peux plus faire face aux conversations insipides autour du repas de la veille et celui du soir ou entendre râler sans rien faire pour changer la situation. Et surtout pas un sourire de trop au patient, il pourrait demander des services, et on n'est pas payés pour ça. Physiquement pas fatigant, mais moralement épuisant. Je viens de vivre les semaines les plus ennuyeuses de ma vie dans une ville insipide.

Bordeaux et sa métropole. Métropole sonne bien, mais cache seulement des banlieues-dortoirs sans troquet, sauf quelques rares entrepôts de vins et spiritueux dans des zones commerciales en bordure de voies rapides où des ados prétendant avoir dix-huit ans viennent se bourrer la gueule à l'happy hour à coups de pintes à quatre euros dans un semblant de bar. Bordeaux est une belle ville, mais approcher l'autochtone nécessite des pouvoirs que je n'ai pas. Si tu n'es pas natif depuis quatre générations, passe ton chemin. Quant aux amants de passage, ils passent. De cela aussi, je me lasse.

Lorsque je me suis rasé la tête, la seule chose que mes collègues de bureau ont trouvé à dire, c'est quel cancer me rongeait ? Pitié ! Heureusement, le contrat de remplacement est arrivé à son terme et j'ai donné le préavis pour le meublé. Ce matin, état des lieux et hasta la vista ! Je fais le tour des quatre murs, une fenêtre et deux portes, avec son lit en 90 et sa petite table, deux tabourets ambiance suédoise sans âme. Je dois changer de vie. Partir, c'est ce que je préfère, c'est le plus facile en tous les cas, c'est ce que je veux croire.

Depuis dix ans, je vis comme pierre qui roule. Je rencontre un garçon qui me plaît, je le suis. Il ne me plaît plus, je pars. Je suis arrivée ici après une saison de ski en suivant un beau mec moniteur de ski l'hiver et de surf l'été. Nous sommes arrivés sur la côte ouest et nous avons écumé tous les spots entre Royan et San Sebastian. Au début, j'ai adoré, et ensuite, le type est devenu nettement moins amusant. En station de ski, le corps à l'abri du froid, je n'avais pas saisi qu'il ne supportait pas le regard des autres sur moi. Et sur une plage portant au mieux un maillot (et encore, je l'enlève à la moindre occasion), son soi-disant amour est devenu un piège jaloux.

J'aimais la région, alors j'ai cherché un boulot et j'ai atterri dans cette clinique. Je devrais apprendre à envisager mes relations sentimentales sous un autre angle. Arrêter de suivre, pour commencer. Parvenir à trouver ce que je veux vraiment faire. Et là, je ne suis pas prête. Je ne sais pas quoi faire.

Dix-huit mètres carrés, l'état des lieux n'a pas traîné et je roule vers l'est, laissant derrière moi la région bordelaise. Chouette région, mais les habitants sont assez étranges. J'ai passé quelques mois entre océan et Bordeaux et deux boulots. Hôtellerie et clinique. Je commence à trouver moins léger de changer de job et de maison tout le temps. Le changement dans la continuité et peu d'intérêt pour les boulots que je prends. La facilité me semblait légère au début, tout comme suivre un homme plutôt que de prendre une décision. Mais ça, c'était avant.

Je passe le pont d'Aquitaine et je quitte dès la première sortie la voie rapide. Je conduis une Mini Austin de 1989 et je préfère les réseaux secondaires. Je fais un stop dans un patelin pour prendre un café. Je vivais dans une banlieue si morte qu'il n'y avait même pas un café. Ces villes satellites des métropoles gonflant à vue d'œil à coup de pavillons et autres résidences sans inspiration et qui ne sont rien d'autres que les banlieues-dortoirs des années soixante-dix version troisième millénaire. Chacun sa petite maison et son ridicule jardin pour croire à une promesse de bonheur, cumulant les inconvénients de l'appartement et de la maison. Je ne veux plus vivre dans ces endroits-là.

Une petite place, deux gros platanes et un café acceptable. Je respire profondément pour effacer l'envie de cigarette. J'ai arrêté de fumer par révolte contre l'enfumage du gouvernement. À coup de taxes pour s'engraisser et soi-disant soutenir le secteur santé. Foutaise. Cette taxe-là, il est facile de ne plus la payer.

Le ciel est bleu, comme pour faire mentir qu'il pleut tout le temps en Aquitaine, et pour un mois de novembre, il ne fait même pas froid. Dimanche, je me suis longuement baignée dans l'océan pour dire au revoir à la région, et l'eau était presque tiède.

Je reprends la route sans idée de la suite. La seule chose certaine, c'est que j'ai un nouveau boulot en décembre dans une station de ski. J'ai un mois devant moi pour faire ce que je veux.

La route me guide et la voiture fait le reste.

Pour mes vingt ans, j'ai pleuré la mort brutale de mes parents. Mon père financier a offert un vol en hélicoptère à ma mère pour leur anniversaire de mariage pour déclarer son amour toujours plus haut. Je devais les rejoindre plus tard. Une panne sur hélicoptère ne pardonne pas.

Au lieu de fêter mes vingt ans dans l'insouciance que m'offrait une vie confortable, j'ai incinéré les restes de mes parents.

À partir de là, je me suis littéralement plongée à corps perdu dans les examens de droit. Études engagées à défaut d'autre chose en attendant de voir venir. L'étude et la fête pour oublier.

Mon parrain, ami de mes parents et travaillant aussi dans la finance, s'occupe de mon patrimoine. Chaque mois, il verse de l'argent sur un compte courant auquel je ne touche pas, sauf le jour où j'ai dû faire des réparations sur la Mini Austin de ma mère. Pour le reste, je suis autonome. Un amant après l'autre. Un boulot après l'autre. Je vis avec mes possessions dans ma voiture, et à l'aube de mes trente ans, je crois que j'aspire à autre chose. Le truc, c'est que je ne sais pas quoi. Je revois cette scène de film avec Anna Karina marchant sur le sable au bord de la Méditerranée et répétant inlassablement : « J'sais pas quoi faire, qu'est-ce que je peux faire ? » Je crois que l'histoire se termine mal dans le film.

J'ai quitté le département de la Gironde et je m'arrête dans une ville que j'aime beaucoup dans le Périgord Brantôme. Lors de ma première visite, j'ai eu une impression de déjà-vu. Je me sentais en terre connue. Je ne comprends pas vraiment comment les vies antérieures fonctionnent, mais au regard du passé riche de cet endroit, j'ai peut-être déjà vécu ici à la fin du Moyen Âge ou à la Renaissance.

Installée dans un restaurant au bord de la Dronne, je me laisse porter au fil de l'eau. La journée est radieuse et il fait presque chaud ; une journée pour profiter de la vie. Mon regard se perd sur les reflets de l'eau. Je mange un tartare de canard et je bois une bière. Ensuite, je me balade et je prends une chambre pour la nuit dans un petit hôtel. Ma grand-mère aurait aimé cet endroit. La pierre entre blancheur et blondeur rayonne sous le soleil accentuant le contraste entre le vert de la végétation et le bleu sombre de la rivière.

Tout comme ma mère, je n'ai pas connu mon grand-père maternel, parti avant sa naissance, et ma grand-mère maternelle est morte alors que j'avais dix ans. Mes grands-parents paternels ont été très présents. Lui est mort quand j'ai eu dix-huit ans. La maison de famille a été vendue et ma grand-mère a pris un appartement sur les quais de Saône à Lyon, et puis elle aussi est morte. Je prends soudain conscience de toutes ces morts qui jalonnent ma vie alors que j'ai à peine trente ans et qui font de moi une personne sans famille.

Je passe pour une fille souriante et légère, mais suis-je vraiment cette fille-là ? Je ne pense pas à la mort. La mort fait partie de la vie, puisque nous ne sommes pas immortels, alors pourquoi s'en faire ? Ce qui m'a conduite à vivre cette vie instable depuis dix ans. Le « à quoi bon » l'a emporté.

Je me balade et mon esprit se balade aussi. Un soir, quand j'allais sur mes six ans, nous étions mes parents et moi à Bastia, à attendre le bateau pour le continent. Mon père nous avait entraînés dans une boutique de la vieille ville. Ma mère avait choisi un collier de corail et moi un bracelet. J'ai remonté le collier et le bracelet en un bracelet trois rangs qui ne me quitte jamais, comme un grigri. C'est étrange, les souvenirs. Je me souviens de cette chaude soirée d'été en Corse et de notre déambulation dans les ruelles de Bastia avant de prendre le bateau. Je ne me souviens pas de ce que j'ai fait la semaine dernière tandis que cette soirée vingt-quatre ans plus tôt, je m'en souviens comme si je me trouvais encore en Corse.

Je me souviens de l'île de Beauté, cet été-là. La brûlure du soleil sur la peau et l'air si sec, presque craquant, et les parfums du maquis tout autour de la petite maison en pierre que nous louions. Tous les matins, nous allions à la plage et je nageais, fière de pouvoir le faire sans bouée. De retour à la maison, nous faisions des grillades et des salades et je restais pour la sieste à l'ombre d'un vieux chêne-liège tandis que mes parents allaient dans la maison. J'ai découvert les figues de Barbarie et les tortues, cet été-là, et comme j'aimais marcher pieds nus.

Le reflet mordoré de la rivière me ramène à l'ici et maintenant. Je commande un café en guise de dessert.

La mort de mes parents a été comme un électrochoc renversant toutes les valeurs de mon éducation. Je voulais me sentir vivre et profiter de ma liberté. J'étais orpheline, donc plus de comptes à rendre à personne. Et je savais comme la vie peut s'arrêter brutalement, alors à quoi bon avoir un métier, une maison et fonder une famille ?

La croyance veut que l'argent fasse le bonheur. C'est la croyance de ceux qui n'ont pas d'argent. L'argent facilite la vie, mais c'est bien loin du bonheur. Mon bonheur serait de voir mes parents autour d'un repas ou un feu de bois et de leur parler de mon existence. L'argent ne donne pas ces choses-là.

Je me promène encore. J'ai envie de prendre mon temps et la ville est agréable. Je flâne jusqu'à la tombée du jour et je m'installe dans un bar pour l'apéro. Je connecte mon téléphone pour trouver des messages de Jonas. Jonas est mon dernier amant en date, enfin, amant régulier et encore pas si régulier ; il vit à Paris et je vivais à Bordeaux, donc pas très régulier. Il veut me voir et propose des soirées pour m'appâter. Je prends ma pinte et je vais m'installer dehors. Il fait à peine frais et mon caban est confortable. Lorsqu'il décroche, son enthousiasme me fait chaud au cœur.

— Alors, tu peux être là pour la fête ?

— Samedi ?

— Oui, c'est ça.

— Eh bien, oui, sauf si je ne trouve pas de billet de train.

— Je peux te le réserver.

Je souris à son envie de me voir.

— Je vais m'en occuper. Je serai là.

Chaque année à l'approche de mon anniversaire, l'absence de ma famille se fait sentir. Je n'étais pas attendue et mes parents se sont mariés juste avant ma naissance. Un simple mariage civil avec deux témoins. Leur anniversaire de mariage était aussi mon anniversaire, en quelque sorte. Depuis leur disparition, je cède à la facilité et je laisse la vie guider ma route. Je laisse faire, et surtout, je ne prévois rien. La dernière fois que j'ai prévu quelque chose, c'était le jour de leur accident.

La région est agréable, les habitants sont toujours dans le retrait, pour ne pas dire le rejet. Ils parlent peu et personne ne se lie. Venant de Lyon, ça ne change pas vraiment, mais à Lyon, j'ai mes entrées. J'ai fait les années de lycée à Paris au gré d'un nouveau poste de mon père. J'aime bien les Parisiens. Je supporte leurs défauts. J'ai vécu un peu partout et je dois trouver mon prochain ancrage. Cette fois-ci, j'aimerais me poser pour plus longtemps que six mois. Cette saison de ski, je veux que ce soit la dernière. Je veux faire autre chose sans savoir quoi. J'ai l'impression d'être à la sortie du bac et ne pas savoir quelle université choisir. À la différence que je ne me vois pas vraiment retourner sur un campus.

Depuis dix ans, je suis seule et je vis seule. J'ai le soutien de mon parrain et de quelques amis, voire des amants, mais je ne raconte rien à mes amants. Et je me confie peu en général. Lorsque je roule, je parle à voix haute dans la voiture, comme dans un cabinet de psy, ou je chante à tue-tête, ça marche bien aussi. Ces dix dernières années ressemblent à une longue errance, et aujourd'hui, le sentiment de tourner en rond domine.

Jonas est artisan joaillier. Je l'ai rencontré à la Bellevilloise lors d'un rassemblement d'artisans. Une amie qui fait dans la laine m'avait invitée, et Jonas était là avec ses bagues uniques et magnifiques, et je lui en avais acheté une. La bague a été le début de l'histoire. J'apprécie Jonas, mais je ne suis pas amoureuse. Comme si quelque chose était verrouillé, ou alors je ne suis pas faite pour les histoires d'amour. J'ai du mal à intégrer le « toujours » dans mon existence. Rien ne dure jamais.

Mes amis ont un métier, un vrai métier. Anne, bibliothécaire, s'est mariée et elle est enceinte. Serge a monté son propre cabinet d'avocats. Jules est dentiste. Chacun suit sa vie et je ne les envie pas. Je ne suis pas faite pour ces vies posées. Je suis fatiguée de changer d'endroits, mais pas parce que ce mode de vie me pèse, mais plutôt parce que je ne trouve pas d'endroit en harmonie avec moi. Ce sont des choix par défaut. Je change de lieu, peut-être que je devrais changer quelque chose en moi.

2

Je roule vers le Mont-Dore. Pascal est un ami de longue date. Il essaie de s'installer comme architecte dans sa ville d'origine et travaille encore sur Clermont-Ferrand. Il occupe le dernier étage d'un immeuble dans la ville thermale avec vue sur les monts.

J'ai plus de facilité avec les garçons qu'avec les filles. Souvent, les filles ne m'aiment pas. Avec les hommes, il y a les amants, bien sûr, mais il y a aussi les amis. Pascal fait partie des amis. Aucune ambiguïté entre nous et aucune attirance sexuelle. Pascal me rassure et me fait du bien. Lorsque je grimpe les trois étages à pied, il ouvre la porte avec un large sourire et me prend dans ses bras.

— Cyl, comme je suis heureux de te voir.

— Moi aussi, Rascal.

Son appartement est en désordre, comme toujours, avec une planche à dessin devant la fenêtre ouverte sur les monts et deux ordinateurs sur le bureau.

— Tu as faim ou soif ?

— Soif ! De l'eau d'abord pour mettre l'énergie de la montagne en moi.

Pascal que j'appelle Rascal depuis une bagarre mémorable où j'avais découvert son versant guerrier. Le prénom Pascal était trop doux et j'entendais cet air liturgique de Pâques dans ma tête à chaque Pascal. Rascal, c'est tout à fait lui.

Je marche dans la pièce en contournant les piles de magazines ou de livres.

— Toujours tes deux boulots ?

— Oui, ici, je n'ai pas assez de clients pour vivre, et puis cela me permet de sortir, de voir du monde et d'échanger avec d'autres archis.

Je prends le verre d'eau et je bois une gorgée en fermant les yeux.

— Cette eau est un délice. Tu as un truc de changé.

— Tu veux parler de la barbe ?

Rascal porte une barbe courte.

— Non, la barbe, j'ai compris comme c'est ennuyeux de se raser tous les matins. Non, tu es comme illuminé. Tu as rencontré quelqu'un ?

Mon ami sourit.

— Tu es forte.

— Je dirais plutôt que c'est ta rencontre qui est forte.

— Elle s'appelle June. Elle vient de s'installer en ville. Elle fait des massages et des soins et elle est très forte.

— Voilà qui m'intéresse.

— Si je parle ésotérique avec toi, je sais que tu ne riras pas. Ici, massage égal kiné après un accident de ski.

— Oui, je vois bien.

— Parfois, je ne suis pas tout ce qu'elle dit, mais il émane d'elle vraiment de bonnes énergies.

— J'espère que je vais la rencontrer.

— C'est prévu, un dîner tout à l'heure.

— Tu as toujours ta baignoire de rêve ?

— Oui, et des sels magiques à mettre dedans offerts par June.

— Elle me plaît déjà beaucoup.

— Tu as le temps de barboter, je dois finir une présentation pour un client.

— Et tu as une bière pour me faire patienter ?

Rascal me serre contre lui.

— Je suis vraiment content de te voir.

La salle de bains est tapissée de bois de pin et la baignoire est en bois d'Hinoki. Le rituel japonais est de mise, ici. Au cours de mon adolescence, je rêvais de Japon et j'avais contaminé Rascal, découvrant une autre façon de concevoir l'espace, entre autres. D'abord, prendre une douche, et ensuite, se glisser dans l'eau chaude et se détendre. Par la fenêtre haute et largement ouverte, je vois la crête de la montagne. Pas encore de neige et un ciel bleu cobalt.

J'ai rencontré Rascal en séjour ski au Mont-Dore. Enfant unique, mes parents m'ont toujours envoyée en camps de vacances pour être avec d'autres enfants. Je m'amusais beaucoup et je découvrais différents sports. Rascal, lui, vivait ici avec ses parents, médecins thermaux. Je venais de perdre un ski quand il m'avait croisé. Il m'avait pris entre ses jambes pour compenser le ski manquant et nous avions retrouvé le patin bien plus bas. Nous sommes devenus amis, ce jour-là. J'avais quinze ans et il me dépassait de plus d'une tête et déjà bien musclé du haut de ses seize ans.

Lorsque je lui avais dit que je vivais à Lyon, il m'avait parlé de la tour de la Part-Dieu. À Lyon, on l'appelle le crayon en raison de sa forme, et dans le milieu des architectes, le débat a longtemps été très tranché. Pour Lyon, ville conservatrice, cela avait été une révolution urbaine. Et quand je lui ai dit que j'allais vivre à Paris, nous sommes devenus inséparables. Je l'hébergeais pour lui permettre de découvrir tous les bâtiments qui le faisaient rêver.

Si certains ados ne savent pas quoi faire comme métier, Pascal est né avec l'âme d'un architecte. Mes parents étaient ravis de cette amitié. L'enfant unique n'avait pas été un choix, cela s'était fait comme ça et ils étaient contents que j'aie trouvé un tel ami.

Lorsque l'eau est froide, je passe une robe avec ma paire de boots et je rejoins Rascal.

— Voilà, c'est dans la boîte. Tu veux voir ? C'est un projet pour une extension de clinique. Rien de folichon, mais ça paye bien.

— Envoie.

Je regarde la vidéo en 3D d'un bâtiment moderne s'intégrant dans un parc boisé et relié au bâtiment de la fin du XIXe siècle. De larges baies vitrées pour laisser la lumière entrer dans les zones de passages et des fenêtres hautes pour respecter l'intimité des zones de soins.

— Je suis fan. Un jour, si j'arrive à me fixer, tu pourrais me dessiner une maison ?

— Ce serait avec le plus grand plaisir, et j'ai déjà deux ou trois idées.

— Le jour où tu n'auras pas d'idées, c'est que tu ne seras plus architecte.

Nous marchons dans la nuit et je respire à pleins poumons l'air des montagnes, tellement différent du bordelais. Nous sommes les premiers arrivés au restaurant. Pascal salue le restaurateur et les serveurs ; il connaît tout le monde, l'avantage et l'inconvénient de vivre dans une petite ville.

Nous commandons du vin blanc avec une planche de fromage et jambon.

— Tu vas bosser dans les Alpes ?

— Oui, c'est ce qui est prévu.

— T'en as pas marre de ce genre de vie ?

— Si, il est temps de trouver une autre formule. D'un autre côté, mon dernier boulot était vraiment déprimant ; avec les moniteurs de ski, je suis assurée de m'amuser.

Il sourit et je vois son regard s'allumer et son sourire grandir encore. Il se lève et je me tourne pour voir entrer une fille magnifique. Longs cheveux blonds naturels avec un teint de pêche et des yeux magnétiques genre Liz Taylor.

— June, voici mon amie Cylia.

Je souris et j'ajoute :

— Cyl pour les amis.

Son sourire est ravissant. Elle s'assoit en face de moi, à côté de Rascal, et leur couple est une évidence. Je lève mon verre et nous trinquons.

— Aux belles rencontres !

Tout en mangeant des spécialités locales, j'apprends que June a commencé à masser très tôt parce que le toucher est chez elle le sens le plus développé. Avec le temps, elle s'est intéressée à la psychologie et à d'autres pratiques comme la médecine chinoise.

— Un corps est pour moi comme un plan pour Pascal ou une carte pour d'autres. Je sens les points noués et je connais les trajets internes qui permettent de les libérer.

— J'adore. Je peux avoir une séance quand ?

— Demain j'ai du temps, si tu veux.

— Parfait !

— Et j'aime beaucoup ta coupe de cheveux, cela te va très bien.

— Merci, mais je laisse repousser ; de parfaits inconnus me touchent la tête dans la rue et je ne veux pas me battre.

— Oui, la rondeur de ton crâne touche la perfection. Forcément, c'est attirant.

Rascal sourit, amusé.

— Tu ne m'as jamais parlé de la rondeur de mon crâne.

— Bien sûr, tu as des cheveux, mais j'ai évoqué d'autres perfections de ton anatomie.

Je me marre et Rascal embrasse la main de June.

— Tu as raison, le crâne de Cyl est pas mal, mais il ne sait pas faire ce que mon anatomie parfaite est capable de réaliser.

Rascal me laisse chez lui et va dormir chez June. Je pense que c'est mieux pour moi ; j'ai besoin de silence pour dormir.

Je prends un verre de whisky et je m'assois dans un fauteuil que je lui ai offert. Lorsque j'ai vidé l'appartement de mes parents, je lui avais envoyé un Eames et un Jacobsen. Qui mieux qu'un architecte pour apprécier des meubles de designers ? Ils sont toujours là et c'est comme si je retrouvais un peu de mes parents. Mon père s'installait dans le Eames pour fumer un cigare et ma mère assise en tailleur dans le Jacobsen lisait. Plus exactement, elle prenait un livre et, rapidement, tous les deux se lançaient dans des conversations portant sur tous les sujets. Mon père appréciait ses galops d'échanges de pensées hors des sentiers de la finance. J'écoutais leurs échanges passionnés et j'apprenais. Allongée par terre la plupart du temps, je crayonnais ou je lisais. La vibration du bonheur, j'ai grandi dedans jusqu'à ce fatal accident.

La gorgée de whisky réchauffe l'intérieur de mon corps sur son passage. Je respire profondément à la recherche de je ne sais quoi et je remercie l'univers d'avoir mis June sur mon chemin.

Au matin, Rascal apporte du pain et des brioches et nous faisons un énorme petit-déjeuner.

— Inutile de te demander si tu as passé une bonne nuit, tu resplendis.

— June te trouve très sympa.

— Tu étais inquiet ?

— Je sais que toi et les filles, c'est pas toujours fluide.

— C'est vrai, mais je la trouve juste magnifique, et tous les deux, vous êtes comme une évidence.

— Une évidence, c'est exactement ce que je ressens. D'ailleurs, tu as rendez-vous à onze heures.

— Parfait ! Je vais te laisser travailler et je vais marcher en attendant.

— D'accord, je te donne l'adresse de June.

L'air frais et la verdure me font du bien. Je marche droit devant moi en mode méditation. Laisser glisser les pensées, uniquement concentrée sur ma respiration. Je prends le chemin traversant la forêt de sapins et je réalise que les paysages plats de l'Aquitaine entraînent naturellement vers la morosité. Prendre de la hauteur grâce à la topographie élève l'âme sans effort. Lorsque j'arrive chez June, je me sens bien. Son cabinet est installé au rez-de-chaussée d'une ancienne maison bourgeoise divisée en appartements depuis le développement des stations de ski.

L'odeur d'ambre chaleureuse chatouille mes narines. June porte une tenue bleue façon tenue chinoise et son sourire met en confiance.

— Si tu n'es pas gênée, je préfère masser les corps nus.

— Aucun problème.

Des géodes d'améthyste et de quartz sont posées autour de la pièce. Le sol est en partie couvert de tatamis en paille de riz dont l'odeur se mêle à l'ambre et un futon couvert d'un drap bleu tient lieu de table de massage.

Je dépose mes vêtements sur le valet et June m'invite à m'allonger sur le dos.

— Je commence par percevoir ta cartographie, ensuite je dénoue s'il y a à dénouer, et ensuite, si tu le souhaites, nous parlons.

— D'accord.

J'entends en fond sonore un très léger bruit d'eau et des tintements légers qui me font penser à la fée Clochette de *Peter Pan*. Je sens la chaleur des paumes de June se déplacer légèrement au-dessus de mon corps. Je ferme les yeux et je me laisse aller à respirer lentement et je me détends. Ensuite, les doigts de June parcourent chaque millimètre de mon corps côté pile et côté face. Parfois, je sens une légère douleur et elle insiste un peu plus, et pour finir, les mouvements de brassages sur mon corps entier me font me sentir comme un bébé dans les bras de sa mère. Je reviens à moi lentement, comme si j'étais partie me promener très loin.

June me tend un plaid dans lequel je m'enroule tandis qu'elle nous sert une tisane.

— Tu as trouvé les points bloqués, je l'ai senti.

— J'ai rétabli la circulation de l'énergie. Tu devrais te sentir plus légère. Certaines blessures sont difficiles à laisser derrière.

— Mais c'est la seule solution pour avancer. J'en ai pris conscience, ces dernières semaines. Je sens le besoin de faire des choix en fonction de moi et pas seulement pour suivre Pierre, Paul ou Jacques.

— Se mettre au centre de sa vie est le plus beau cadeau que l'on puisse se faire. Parfois, la peur pousse à des comportements qui semblent aventureux, mais qui sont surtout une fuite pour éviter d'être soi.

— Oui, tout à fait d'accord. J'aime bien ta tisane.

— Merci, je l'ai mise au point avec un herboriste. Une pour chaque saison. Tu connais la lithothérapie ?

— J'en ai entendu parler ; ce bracelet de corail ne me quitte jamais.

— Orange, c'est bien. Si tu croises de la cornaline, cela te serait bénéfique aussi.

Je hoche la tête en pensant à une boutique que je connais.

— Tu restes combien de temps ?

— Je pars demain, je suis attendue à Paris samedi et j'ai un ami à voir à Lyon.

— Si tu as besoin de quoi que ce soit, tu n'hésites pas.

— Toi pareil, et merci pour le soin.

Je retrouve Pascal pour le déjeuner dans un café.

— Alors ?

— Des doigts de fée.

— Tu vas voir, les bienfaits sont à double détente. Le soin travaille encore après.

— Oui, je pense qu'elle est très forte. Tu l'as connue comment ?

— Elle était à Clermont-Ferrand pour faire des achats et je prenais un café en terrasse. Une fille comme je n'en croise pas tous les jours.

— Ça, je veux bien te croire, et encore plus avec une tête bien faite.

— Où aimerais-tu vivre ?

— Tu veux dire sans partir au bout de six mois ?
Je bois une gorgée de bière.

— En plus de trouver l'endroit, je dois trouver le quoi faire. J'en ai marre des petits boulots.

— Tu reprendrais des études ?

— Si je trouve lesquelles, pourquoi pas. J'ai besoin de créer ma boîte, mais je n'ai pas encore le produit à mettre dedans. June a débloqué quelque chose en moi. Quelque chose de profondément ancré. Je vais profiter de prendre le temps pour réfléchir et méditer. Je trouverai.

— Oui, tu es pleine de ressources, tu trouveras ton truc à toi.

Nous tapons nos paumes de main et nous reprenons une bière.

3

Je roule sur l'autoroute peu fréquentée en écoutant ma musique. Je repense à mes amants au cours des dix dernières années. Parfois de bons coups, parfois des flops et rien de significatif. Une longue relation dans mon monde dure un an. Autant dire que je passe de l'un à l'autre et que surtout, je ne veux pas entendre parler de vivre ensemble.

Ces dix dernières années ressemblent à une fête sans fin pour oublier et au petit matin se retrouver seule et recommencer.

La famille de mon père est originaire de Lyon. J'y suis née, et pourtant, j'ai du mal avec l'endroit. Son côté cuvette, sans doute, même si j'apprécie les fleuves et l'architecture de la ville.

Je retrouve Angus. Nous sommes allés dans le même collège. Il a fait une école de stylisme et il est devenu tailleur, il tient à cette appellation. Il apporte un twist que j'adore aux tenues classiques. Installé dans une rue commerçante à deux pas de la place Bellecour, son appartement est au-dessus. Angus est insomniaque, alors quand il n'arrive pas à dormir, il travaille. Mon ami aime les hommes, mais il n'a jamais trouvé de relation stable et il compense une instabilité sexuelle par une stabilité professionnelle. Je n'ai aucune des deux.

Lorsque j'entre dans la boutique, Angus discute avec un client, et je sais d'un seul coup d'œil qu'il aimerait bien le mettre dans son lit. Je caresse du doigt les échantillons de tweed et je souris lorsque nous sommes seuls dans la boutique.

— Alors ?

— Une commande pour un costume en tweed. Il est charmant, non ?

— Superbe.

— Toi aussi, tu es superbe ! J'ai un cadeau pour toi.

— Tu as toujours des cadeaux pour moi.

— Oui, mais un peu intéressé ; si tu portes une de mes réalisations, je peux trouver de nouveaux clients. Viens voir.

Je passe dans l'arrière-boutique et il prend un cintre sur le portant.

— Un pantalon kilt. J'ai vu ça dans un défilé. Les hommes ici sont beaucoup trop coincés pour ce genre-là, mais toi, tu as le look. En plus, avec ta coupe courte, tu vas déchirer.

— J'adore.

Le pantalon avec un côté kilt court est réalisé dans un tweed aux tons bleu foncé, gris et bleu clair.

— Je peux le passer ?

— Avec plaisir, et ensuite, je t'emmène boire un verre. Je n'ai pas de rendez-vous et j'ai trop rarement l'occasion de te voir.

Je passe le vêtement parfaitement à ma taille et je tourne sur moi-même.

— Génial ! Tu es géniale.

— Et toi, tu as des doigts d'or.

Nous remontons la rue à grandes enjambées et je sens les regards sur ma tenue et le ravissement d'Angus. Nous nous installons à l'intérieur d'un bar tout en bois sombre et déco art nouveau. Il fait froid à Lyon, ce soir.

— Tu es sûre de partir demain ?

— Oui, je suis attendue, mais je laisse ma voiture dans ta cour, je repasserai avant mon prochain boulot.

— D'accord. Tu ne restes jamais en place, de toute façon.

— J'ai envie que cela change un peu, en fait. Je cherche une idée plus pérenne.

— Et tu vivrais où ?

— Je ne sais pas encore.

— Je ne sais pas comment tu fais pour être toujours l'oiseau sur la branche.

— Eh bien, avec ton métier, ce serait plus contraignant, c'est vrai. Sauf en travaillant en freelance pour des maisons de couture en période de collection.

— Tu vois, tu penses toujours à comment travailler en changeant d'endroit. Moi, j'ai besoin du même lieu, cela me rassure.

— Tant mieux pour toi. Moi, je ne sais pas de quoi j'ai besoin.

— Changeons de bar ; à cette heure-ci, celui-ci devient trop coincé pour moi.

La sortie des bureaux et son lot d'hommes en costume pourrait être sa clientèle, mais je sens qu'Angus a surtout envie de voir des têtes désirables. Nous traversons la Saône et nous nous dirigeons vers le quartier où vivait ma grand-mère. Cette époque me semble si loin, comme une autre planète dans une autre galaxie. Le mercredi, je préparais des gâteaux avec elle pour le thé de l'après-midi. Nous allions au parc ou voir Guignol, et ensuite, nous prenions le thé dans de la porcelaine japonaise et elle m'apprenait les bonnes manières, l'air de rien.

Les têtes se tournent sur mon passage jusqu'à ce qu'une fille m'arrête.

— Pardon, mais j'adore ta tenue, tu l'as achetée où ?

Le moment qu'attendait Angus. D'un geste de la main, je fais les présentations et Angus lui tend sa carte de visite. Je le sens un peu plus joyeux.

Lorsque nous entrons dans le bar, les hommes sont majoritaires et pas du genre que je peux séduire. Par contre, les charmer, ça marche, et là encore, le pantalon kilt fait mouche. Angus n'a pas un physique de dragueur, mais il est adorable. Souvent, il me dit que son milieu est très attaché à certains codes physiques et lui n'émarge pas dans la catégorie beau mec grand et musclé. Il est plus petit que moi et a une propension à l'embonpoint, ce qui, à trente ans, n'est pas très flatteur. Par contre, c'est un puits d'érudition dans nombre de domaines. Mode, voiture, peinture, c'est un régal de l'écouter parler. Et quand je le branche sur Marilyn Monroe, alors là, c'est comme s'il la faisait revivre devant moi, donnant des détails intimes et ne se lassant jamais de rappeler sa beauté et son jeu.

Nous sommes installés sur des tabourets de bar et je fais un tour d'horizon. Les hommes me plaisent plus que les filles, même quand ils sont homosexuels. Avec mes cheveux courts et mon air androgyne, je ne dénote pas.

— Détends-toi, Angus. Y a un type dans le fond qui te mate.

— Il ressemble à quoi ?

— Notre âge, blond avec des cheveux courts et une veste militaire.

— Je ne connais pas.

— Eh bien, tu vas le connaître, il vient vers nous.

Je bois une gorgée de bière et Angus redresse le dos en rentrant le ventre.

— Salut, j'ai vu ton pantalon à ton arrivée, j'adore.

— Merci, c'est Angus, le styliste.

— Enfin, je me suis inspiré.

— C'est génial, tu aimes Westwood ?

Et là, je sais qu'il a ferré le poisson. Les deux partent dans une conversation chiffon mieux que des filles. Je finis ma bière et je recommande une tournée. Le beau blond s'appelle Anton et termine un master d'histoire de l'art. Après la troisième tournée, nous allons dîner ensemble dans un bouchon, « pour les souvenirs », me lance Angus. Je le sens à l'aise et souriant et je suis ravie pour lui. Si Angus a peu confiance en lui dans le domaine physique, quand il s'agit de culture, il retrouve toute son assurance. Anton est une belle rencontre. J'écoute distraitement leur conversation. Je sens les effets double détente du massage de June. Je pense que demain je serai à Paris et que je vais aller chercher de la cornaline dès mon arrivée. Je me régale d'un tablier de sapeur et nous buvons encore.

Le retour se fait en mode chaloupe et je disparais dans la chambre d'amis en les laissant en tête à tête.

Tout en cherchant le sommeil, je repense à cette notion de fuite évoquée par June. Passée la stupeur d'être aussi violemment devenue orpheline, l'évidence de la finitude de la vie m'avait empoignée. J'avais utilisé les examens comme moyen pour m'isoler du monde autour de moi, et ensuite, je m'étais dit : « À quoi bon ? » Et j'étais partie. Je ne suis pas si libre que je voudrais bien le croire.

4

Le train file et je somnole encore. J'ai trop bu hier soir et j'ai déjà vidé la gourde d'eau que j'ai emportée. Je décide d'aller au wagon-restaurant pour prendre un Coca et, en chemin, je trouve l'idée débile. Je déteste le Coca, et même si cela agit sur la gueule de bois, je renonce et je fais demi-tour.

Le paysage défile derrière la vitre du wagon. Ma vie depuis dix ans ressemble à ce défilement. Flou et rapide. Je mets mes écouteurs et je lance une playlist sur mon téléphone. J'entre en méditation jusqu'à m'endormir.

Je sors gare de Lyon et je marche d'un bon pas. Je trouve que le métro prive les yeux des immeubles et des apparitions des monuments dans la perspective. J'ai pris deux tenues dans un sac dit de quarante-huit heures et j'arbore le pantalon d'Angus très confortable. Voir Paris me rend euphorique et c'est comme ça depuis la première fois.

Pour l'anniversaire de mes cinq ans, mes parents m'ont emmenée au sommet de la tour Eiffel et mon père m'a dit que la ville, voulant célébrer l'évènement, m'offrait les lumières comme bougies. Et là, dans l'innocence enfantine, j'ai vu les lumières de la ville embraser l'espace. La joie est restée à l'intérieur de moi. Ensuite, les années lycée ont été accompagnées d'autres découvertes et d'autres joies. Bref, Paris me rend euphorique.

Je m'arrête à Bastille pour prendre un café et le pouls de la ville. Après ces mois passés dans une lente torpeur, j'ai besoin de me caler sur le rythme de Paname et je reprends la marche.

Je remonte par les passages et je mange coréen avant d'arriver à la boutique de minéraux. Je prends le temps de regarder les pierres et je choisis la cornaline en sautoir et une pierre plus petite. Je ressors avec mes achats et je me dirige vers le dixième arrondissement où vit Jonas. Il travaille et vit dans un loft. Un petit loft dans un passage. Je le trouve en train de terminer une bague en argent.

— Enfin ! Comme tu es belle. Tes cheveux ?

— Un coup de ras-le-bol.

— Et ce pantalon, une merveille.

— Un cadeau de mon ami Angus. Il compte sur moi pour lui trouver de nouveaux clients.

— Bonne idée, j'achète.

Jonas me serre contre lui et me fait tourner lentement.

— Tu vas bien ?

— Oui, j'ai trouvé une pierre et je suis sûre que tu peux en faire une bague pour moi.

— Une commande, j'adore ! Fais voir.

Je sors la cornaline.

— J'adore la couleur ; oui, je peux faire quelque chose. Mais avant, toi et moi ?

— Oui, toi et moi.

Jonas est un amant délicieux prenant le temps de donner du plaisir. Il a cette capacité d'enchaîner douceur et brusquerie qui me ravissent. Musclé naturellement et tatoué, il a tout du bad boy avec des raffinements d'artiste. Les êtres linéaires ne m'ont jamais attirée. Les lisibles, en commençant par leurs vêtements annonçant rang social et compte en banque, m'ennuient depuis toujours.

Jonas a enchâssé la cornaline sur une monture en argent. Un fil enroulé autour de la pierre et je la porte le soir même.

Je porte encore le pantalon d'Angus et un chemisier en soie beige échancré en V sous mon caban avec bracelet et collier.

La fête a lieu dans un bar et je retrouve des têtes connues, et surtout Mila, mon amie de lycée. Elle est peintre aujourd'hui et c'est une forte personnalité. Du genre à modifier tous les vêtements qu'elle achète quand elle ne les crée pas elle-même et se servant des hommes avec une facilité déconcertante.

— J'adore ton look !

— Merci, tu as l'air en forme.

— Oui, je prépare une expo, c'est ma première sortie depuis des mois. Tu es là longtemps ?

— Pas vraiment. J'ai un boulot dans les Alpes en décembre.

— T'en as pas marre de cette vie ?

— Si, un peu. Je vais trouver autre chose.

— Oui, pense à toi, vis pour toi.

La soirée est une bonne soirée parisienne, musique et alcool à gogo. Jonas papillonne entre les invités avec sa démarche sautillante, comme s'il était monté sur ressort. Je porte deux de ses créations, et comme pour Angus, je joue les panneaux publicitaires. Les deux le méritent amplement. Je bois, je danse et je me sens enfin heureuse à Paris.

Je passe deux jours avec Jonas et puis je raconte que je dois partir. Il n'en est rien, mais j'ai besoin d'être seule. Mon anniversaire approche et j'aime être seule à cette période. Peu de personnes sont au courant, mais j'ai gardé une chambre de bonne dans l'immeuble où mes parents avaient un appartement. Je suis toujours propriétaire, mais l'appartement est loué. Pas la chambre de bonne. Tania la concierge me sourit et je me colle contre son corps chaleureux de Polynésienne.

— Alors, tu reviens ?

— Je suis de passage, Tania. Tu vas bien ?

— C'est pas la saison que je préfère, mais je vis bien. Tu es bien jolie.

— Mauruuru, Tania.

Lorsque j'ai décidé d'arrêter mes études et de changer de vie, ma première destination a été la Polynésie. La famille de Tania m'a accueillie comme l'une des leurs et j'ai passé plusieurs semaines à naviguer d'île en île. J'ai rencontré un skipper et j'ai travaillé comme hôtesse de bord. La lumière de la Polynésie dense tout en contraste. Des heures à nager dans les lagons. Cette vie facile rythmée par le fiu, sorte de langueur en accord avec les températures et l'humidité élevées. J'ai adoré cet endroit, mais les musées et les cinémas me manquaient et le skipper m'ennuyait.

Je grimpe au dernier étage sans prendre l'ascenseur et j'ouvre la porte de la chambre de bonne améliorée. Mes parents l'avaient fait aménager pour me donner une indépendance après le bac. Trois chambres, en fait, dont on a fait tomber les cloisons. Simplement meublée, mais bien pensée pour optimiser l'espace. Merci Pascal. Nous avions assuré une partie des travaux. Je regarde par la fenêtre et je vois la tour Eiffel. Pas mal pour la capitale.

Je m'allonge sur le futon et je pousse un profond soupir. En résumé, je veux changer de vie, c'est une certitude, mais je ne sais pas quoi faire. Jamais je n'aurais pensé me trouver dans cette situation, et en même temps, c'est ce qu'il s'est passé après le bac ; je n'avais envie de rien en particulier. Aucun métier ne m'attirait plus qu'un autre. Dix ans à repousser une prise de décision dont je sens la nécessité aujourd'hui.

J'envoie un message à André, mon parrain. C'est le dernier référent dans ma vie. Il me connaît depuis toujours, et à défaut de père, je l'ai lui. Il me donne rendez-vous chez Angelina le lendemain matin.

Je prends une douche et je sors marcher entre le Luxembourg et la Seine. Je marche et parfois, j'entre dans une boutique. Je suis heureuse d'être à Paname. J'ai la sensation de me retrouver. Oubliée la banlieue sans âme, je suis au centre du monde. J'achète des produits de beauté et une nouvelle brosse à cheveux. En fin de journée, je m'installe dans un pub et je bois et je mange et je parle anglais et la vie est belle.

André est un ami d'enfance de mon père. Ils ont choisi les mêmes études et l'argent est leur métier. André ne s'est jamais marié. Il ne parle pas de lui et je respecte sa discrétion. Le salon de thé est vide à cette heure matinale. André me serre contre lui.

— Tu es le portrait de ton père avec la grâce de ta mère.

Je souris, parce qu'il dit toujours ça.

— Tu es pas mal, toi aussi. Tu as fait des injections ? Tu sembles rajeuni.

— Ne te moque pas, jeune fille.

— Jamais. Je suis contente de te voir.

— Moi aussi. Alors, raconte.

La serveuse vient prendre la commande.

— J'ai envie de changer de vie.

— Bonne nouvelle. Tu veux faire quoi ?

— Je ne sais pas. Je sais que je dois cesser ce mode de vie itinérant, mais je n'ai pas de plan.

— Souviens-toi que tu as de l'argent. Sans me vanter, j'ai mis en place un produit qui te permet de vivre des dividendes sans luxe, mais confortablement.

— Oui, je sais que tu excelles dans ce domaine.

— Tu cherches autre chose.

— Oui, autre chose. Et sinon ?

— Je pars en Islande pour la fin de l'année. Du froid et de la nuit et surtout du silence. Au programme : détox numérique et dormir.

Nous buvons thé et café avec des brioches délicieuses.

— Tu seras où, les prochaines semaines ?

— Ici, puis Lyon, puis la vallée de Serre Chevalier et après, je change de vie.

— Et pourquoi tu ne changes pas de vie maintenant ?

Je reste silencieuse un moment.

— C'est une bonne question. Sans doute parce que je ne sais pas ce que je veux faire.

— Tu es une battante, Cylia, et tu as beaucoup de qualités. Tu peux faire ce que tu veux. Ne pas savoir ce que tu veux faire est sans doute lié à la mort brutale de tes parents. Cela en déstabiliserait plus d'un, mais tu es forte. Pense à toi et à ce que tu aimes au plus profond de toi et tu trouveras.

Lorsque je quitte mon parrain, je marche pendant des heures. Je sillonne la capitale sans but, simplement pour chasser cette oppression qui grandit en moi depuis des semaines. La bonne nouvelle est que je n'ai pas de problèmes d'argent, mais ce n'est pas nouveau. Je n'ai jamais eu de problèmes d'argent.

Serait-il possible que je fuie par peur ? La peur de perdre à nouveau ? Ce qui collerait avec ma gestion des hommes « je prends je jette » et jamais je ne m'attache et surtout je ne construis rien par peur de voir une fois encore mon monde s'écrouler. Je sais ma chance de ne pas être victime de guerre ou de pervers et d'avoir pour seul refuge la rue ou les foyers d'accueil. Je sais tout ça, mais tout au fond de moi, tapie derrière mon cœur quelque part engrammé dans mon corps, la peur a peut-être tellement envahi mon être que je ne la vois plus et que je ne la sens plus et qu'elle gouverne mes actes ?

Il fait nuit lorsque je regagne le studio avec un plat à emporter. Je sors une bouteille de whisky du placard et un pot de confiture en guise de verre. J'allume ma tablette pour consulter les réseaux sociaux, comme si une idée pouvait germer là. Je mange avec les baguettes jetables mon Korean Barbecue avec du kimchi. La tour Eiffel scintille et je me sens comme encore enfant à la regarder assise sur la plus haute marche de l'échelle qui sert de porte-manteau, entre autres. Après le troisième whisky, je me parle à voix haute.

— Tu arrêtes de te tordre la tête. Tu profites du jour présent et tu trouveras ton chemin. Laisse aller. Profite et lâche prise.

Je finis par m'endormir sans faire de rêve.

5

Le bruit de la pluie sur le toit me réveille. Je me tourne et je remonte la couverture sur ma tête.

Lorsque je regarde mes mails, installée dans un café, j'en trouve un de la station de ski. En raison de l'absence de neige, l'ouverture de la station est retardée. Voilà qui est parfait. Je prends cela comme un signe. Plus de temps pour décider quoi faire sans replonger dans la spirale éphémère. Et puisque je suis à Paris avec un lieu pour moi à disposition, autant rester là.

Je fais quelques courses, comme du thé et de quoi manger, et puis je m'installe dans le jardin du Luxembourg. Les arbres aident à la méditation et je ressens le besoin de simplement rester assise sur un banc et de laisser aller. Les odeurs de la terre après la pluie me poussent à rêver. Je regarde devant moi sans vraiment voir. Le mouvement des promeneurs agit comme une berceuse. Je ne me pose aucune question, je me contente de profiter de cette journée clémente et d'avoir le loisir de ne rien faire. Le temps est certainement le plus grand luxe et si peu savent en profiter. Je perds la notion des heures et c'est le changement de luminosité qui me pousse à rentrer. Je me sens aussi détendue qu'après un massage. Demain, j'essaierai un autre parc.

Je retrouve Mila pour un thé après une longue marche. Si j'ai tendance à me perdre dans ma tête, Mila est beaucoup plus terre à terre. Action-réaction pourrait être sa devise, et pour le moment, cela lui réussit plutôt bien. Les cheveux en bataille, il émane de son corps une beauté brute. Mila fait partie de ces personnes belles, mais qui n'en jouent pas. Elle est belle comme une évidence. Sa beauté s'impose d'elle-même sans recours aux artifices.

— C'est bien que tu sois encore sur Paris.

— J'ai un peu de temps avant l'ouverture de la station.

— Franchement, pourquoi tu fais ce genre de boulot ?

— Le boulot en lui-même est sans intérêt, mais l'ambiance est très sympa.

— Tu sais ce que je veux dire.

— Je ne sais pas quoi faire d'autre.

— Bien sûr, depuis dix ans tu cours pour fuir en pensant que rien de la douleur que tu as traversée n'existe. Tu dois aimer la petite fille qui est en toi et prendre soin de la jeune femme que tu es.

— Comment fais-tu pour être dans la créativité ?

— Je ne me pose pas de questions, je me contente de ressentir et mon médium d'expression passe par l'art. Tu as coupé le lien avec ton moi profond. Avec qui tu es vraiment. Tu as fait des études de droit par défaut pour ne pas t'écouter et seulement faire plaisir à ta famille. Donner le change et rester dans un certain confort social. Pense à toi, Cyl. Tu es la personne la plus importante. Tu es la seule personne importante.

Je souris doucement à Mila, ses paroles répandant une douce chaleur dans mon corps. Mila et June ont raison. Je dois sentir de l'intérieur ce que je veux vraiment. J'ai le luxe du temps avec moi. Je dois prendre ce temps.

Ce matin, je marche vers le cimetière du Père-Lachaise. Entourée de tous ces illustres personnages, je compte sur des vibrations inspirantes flottant dans les allées. Et puis j'aime bien les cimetières, des lieux paisibles dans le tohu-bohu de la ville.

En chemin, je prends un café dans le Marais dans cet état d'observation distante. Je pense à Eckart Tolle qui a passé deux ans sur les bancs d'un parc jusqu'à mettre en ordre une vision, voire un système new age pour éclairer son âme et celle de millions d'autres. Je comprends ce besoin de se poser et de s'oublier pour capter ce qu'il se passe autour de soi afin de descendre en soi plus profondément plutôt que de pédaler dans la roue façon hamster. D'autant plus que je viens de passer les dix dernières années dans une course à l'échalote pour refermer ma main sur rien encore et encore. Autant vouloir attraper de la fumée. Je souhaite avoir besoin d'un peu moins de temps, cependant.

Le cimetière est calme, aucun convoi funèbre en vue. Les touristes sont moins nombreux en novembre et je marche lentement en direction de la tombe de Jim Morrison pour le saluer. C'est lui qui m'a attirée la première fois dans ce cimetière, comme des millions d'adolescentes. Le visage de cet ange a habité mes nuits longtemps. Ma mère avait un vinyle des Doors dans la bibliothèque avec cette magnifique photo en noir et blanc et je me perdais dans ses yeux décidés, butés et profonds. L'idée de trouver un Jim de la belle époque était magnifique. Même si le vrai Jim n'a peut-être pas toujours été le parfait compagnon. Cet artiste, en rejoignant le club des 27, est devenu un mythe, et les mythes ne font plus d'erreur.

J'ai découvert alors les célèbres voisins de Jim et je me suis servie de ce cimetière pour tester le niveau culturel de mes amants. L'intelligence et la culture priment sur le physique, pour moi.

Ce lieu est immense et j'ai le tournis à lire les stèles avec le sentiment de l'infiniment petit parmi tous ces illustres personnages et de l'ironie de la vie, puisque nous finissons tous par n'être que poussière. Je grimpe vers le haut du cimetière et je trouve un banc de pierre. À droite, un mausolée avec inscrit au frontispice un nom qui me fait penser à mes ancêtres. Je respire profondément, entourée de tombes anciennes et d'arbres. Je suis là et j'écoute un chant d'oiseau. La conversation d'un couple de touristes allemands marchant lentement.

Le côtoiement des morts me ramène à mes parents. Ils ont choisi l'incinération et j'ai répandu leurs cendres. Angus ne m'a pas lâchée dans cette période. Il a perdu sa mère à l'âge de six ans et son père à dix-huit ans, alors le deuil, il connaît. Angus m'a accompagnée dans un lieu symbolique pour mes parents, au sommet d'un suc entouré d'une forêt de mélèzes et d'épicéas. Je n'ai jamais autant pleuré que ce jour-là. Et depuis ce jour, je pleure rarement. Je ressens les émotions, mais je n'extériorise pas souvent.

Je reprends ma balade entre les tombes, je trouve un nouvel endroit pour me poser et je me contente de profiter du moment en chassant les questions du genre « Que vas-tu faire avec Jonas ? Quelle sera ta nouvelle destination ? » etc. etc. Je laisse glisser chaque question comme les nuages glissent dans le ciel. La lumière devient plus contrastée, faisant ressortir le vert des feuillages et le gris des sépultures. La nausée m'envahit en passant devant la tombe de Marie Trintignant. Je n'ai jamais accepté cette mort aussi violente et stupide. La violence faite aux femmes au nom de l'amour est inacceptable.

Je suis assise au pied d'un arbre, à côté de la tombe de Balzac lorsque soudain, un rideau de pluie tombe du ciel. Aussi dense que la mousson et des éclairs suivent. L'arbre me protège un peu, mais l'averse est partie pour durer. Alors, je gagne la sortie pour trouver refuge dans le premier bar.
Je suis totalement trempée et je ris sous la pluie. Si c'est un message du ciel, je ne sais pas trop comment l'interpréter.

— Ça mouille, lance le serveur à mon entrée.

Je souris, m'égouttant sur le paillasson.

— Tenez, c'est pas grand, mais au moins pour la tête.

Il me tend un torchon à verre et je le remercie.

Je m'installe à une table et je commande une pinte.

Dehors, le rideau de pluie inonde la chaussée et les voitures roulent plus doucement par manque de visibilité.

Je vérifie que mon sac n'est pas trop trempé et je pose la veste imperméable sur le dossier. À trois heures de l'après-midi, la lumière est crépusculaire. Je ne suis pas pressée, je vais attendre la fin de l'orage ou bien je rentrerai en taxi.

Avoir un plan ou une mission de vie ne m'évoque rien du tout. Je prends la vie comme elle vient et je fais avec. J'aime changer de lieu, peut-être une carrière dans le tourisme, mais plus structurée qu'agent d'accueil dans une station de ski. Je sors un carnet que je garde toujours au fond de mon sac. Sur une page, j'inscris « j'aime » et sur l'autre « j'aime pas ». De façon quasi automatique, j'inscris des mots comme « bureau » dans la case « j'aime pas », « voyage » dans la case « j'aime ». Je lève la tête de temps en temps pour continuer à regarder la pluie tomber en abondance.

Le café est calme. Un couple se tient dans le fond de la salle et moi côté vitrine. Lorsque la porte s'ouvre brusquement, je relève la tête en sursautant. Un type, parka remontée sur le visage, ruisselle d'eau. Le garçon s'approche de lui et, comme pour moi, il lui tend un torchon. L'homme a sorti la tête de sa veste et lui sourit pour le remercier. Toujours sur le paillasson, je l'entends commander un grog et, du regard, il cherche où s'asseoir. Il a l'embarras du choix, et me voyant, il sourit et s'assoit deux tables plus loin. Les cheveux bouclés et mouillés lui donnent belle allure et j'inscris « pluie » dans la case « j'aime ». Je trouve que la pluie rend les personnes plus belles. Aujourd'hui, en tout cas. Au passage du serveur, je recommande une pinte.

— Pardon, mais vous auriez un câble pour téléphone ? J'ai oublié le mien.

Je regarde l'homme mouillé et je lui tends mon câble.

— Cela ira ?

— Oui, parfait, nous avons le même modèle.

— Je vous en prie.

— Je vous le rends au plus vite.

— Il n'y a pas d'urgence, j'attends la fin de l'orage.

— Merci.

L'homme retourne s'asseoir. Il doit avoir un peu plus de trente ans et ses yeux verts rappellent les forêts du Mont-Dore. La bière doit me porter à la rêverie et je me laisse flotter. Mon téléphone vibre sur la table. Jonas. Je laisse vibrer. Ma relation aux hommes est toujours dans une certaine distance. Hormis le surfeur avec qui je cherchais la vague et qui m'hébergeait dans son van, je n'ai jamais voulu vivre avec aucun homme. Et même avec lui, cela n'avait pas duré longtemps.

À la mort de mes parents, j'ai douloureusement éprouvé ce sentiment d'être seule au monde, mais le chagrin passé, j'ai découvert la liberté que cette solitude me donnait. J'avais une amie qui sortait avec le premier venu pour ne pas être seule et qui se cramponnait à lui comme une bernacle sur un rocher. Vraiment pas mon truc ; par contre, je suis sans doute un peu trop dans la mise à distance.

Jonas me plaît, mais je n'ai pas envie de lui dire que je suis encore à Paris. J'aime le sexe avec lui, mais là tout de suite, j'ai des choses plus importantes à expérimenter. Ce sentiment d'être à un carrefour de ma vie et de devoir prendre la bonne route pour ne pas perdre de temps, par exemple. Je suis la seule à pouvoir vivre ma vie et personne ne me dira jamais comment je dois la vivre. Si seulement je savais quoi faire.

Le tonnerre gronde à nouveau, comme s'il tournait au-dessus de la capitale et repassait par là. Je vide ma pinte.

— Je peux vous en offrir une autre ?

Je regarde l'homme un peu moins mouillé et je souris.

— Pourquoi pas, j'ai tout mon temps.

— Je peux m'asseoir avec vous ?

— Bien sûr.

L'homme se tourne vers le bar et commande deux pintes.

— Je m'appelle Ariel.

— Un nom d'ange.

— Oui, aussi.

— Je m'appelle Cylia.

— Enchanté, Cylia. Vous êtes du coin ?

— Rive gauche, et vous ?

— Je sors d'un rendez-vous boulot et je me suis fait doucher, comme vous, apparemment.

— Oui, je prends souvent ce genre de douches, mais plutôt au printemps ou en été.

— D'un autre côté, l'eau n'est pas trop froide, cette année.

Nous sourions et nous trinquons avec nos pintes.

— Vous faites quoi dans la vie ?

— Question intéressante, j'étais en train de me la poser.

— Et je vous ai interrompue ?

— Agréablement, et puis c'est un travail de longue haleine, je pense. Et vous ?

— Je suis photographe. En ce moment, je fais dans le culinaire.

— Intéressant. Pas de caprices de modèle.

— Détrompez-vous, l'apparence d'un plat change très vite, il faut capter le bon moment ou tout est fichu.

— Je n'avais pas pensé à ça, et vous utilisez des trucs pour les rendre plus alléchants ?

— Non, je ne photographie que du vrai, mais sous le meilleur éclairage.

— Un puriste.

— Sans doute. Vous aimez la photo ?

— J'aime certains photographes. Par exemple, aujourd'hui, je pense à Saul Leiter.

— Vous avez de bonnes références.

— Merci. Et vous avez des inspirateurs ?

— Oui, plein, dont Leiter, une grande source d'inspiration avec un cadre souvent décalé. Et vous avez déjà posé ?

— Je n'aime pas être prise en photo.

— Vraiment ?

— Oui, vraiment, même les selfies m'insupportent.

— Intéressant. Vous êtes pourtant ravissante.

— C'est sans rapport. La circulation des photos aujourd'hui qui vont allez savoir où a augmenté mon rejet d'être prise en photo et cette façon de se mettre en scène dans une pseudo vie à coup de selfies ; vraiment, non. Et vous, vous posez ?

Il rigole.

— Je n'ai aucune photo de moi ou presque.

— Vous voyez, et vous vivez bien.

— Exactement.

Nous trinquons à nouveau.

— Vous avez des pistes pour votre vie ?

— Pas vraiment, mais je ne suis qu'au début de ma quête. Je ne suis pas pressée.

— Le temps, c'est important d'en profiter. Vous semblez avoir une belle philosophie de vie.

— Merci.

— Vous pensez qu'ils font à manger ? J'ai passé des heures à photographier des plats succulents et je n'ai rien avalé.

— Certainement.

La cuisine est fermée, mais le serveur propose une assiette de fromages et j'offre une tournée.

— Vous êtes sûre de ne rien vouloir ?

— Oui, j'ai déjà mangé.

La pluie semble se calmer enfin et soudain, un rayon de soleil transperce les nuages et fait miroiter le bitume. Je me lève d'un bond et je sors pour chercher un arc-en-ciel. Il est là, au-dessus du boulevard et passant de l'autre côté du cimetière. Je souris largement et je sens une présence derrière moi. Ariel prend l'arc-en-ciel en photo.

— Bien vu, Cylia, bon réflexe.

— Vous aussi. Moi, avec mon téléphone, cela ne rend pas grand-chose.

— Je peux vous l'envoyer, si vous voulez.

Je souris à cette habile façon de me demander mon numéro de téléphone et nous rentrons dans le bar légèrement aspergés de gouttes d'eau.

Je regarde sur l'écran de l'appareil les clichés. Sur le premier, je suis une silhouette de dos et l'arc-en-ciel au-dessus de moi.

— Ceci n'est pas à proprement parler une photo de vous.

— En effet.

— Je peux la garder ?

— Oui, je ne vous poursuivrai pas.

Lorsque nous sortons du bar, les derniers rayons de soleil embrasent les nuages pour un spectacle majestueux.

— Vous rentrez comment ?

— Je vais marcher.

— Je peux faire un bout de chemin avec vous ?

— Bien sûr.

Nous avançons d'un même pas sans vraiment parler pendant un long moment.

— Vous êtes un Parisien ?

— J'y vis depuis une dizaine d'années, et vous ?

— À peu près pareil.

— Voilà, je change de direction.

— Merci pour les photos et les pintes.

— Cela vous dirait de m'accompagner à une expo photo, demain ?

— Pourquoi pas.

— Jeu de Paume à onze heures ?

— Parfait. À demain !

— À demain.

Je tourne les talons et je contourne la place de la Bastille pour me diriger vers la Seine.

Une fois rentrée chez moi, je fais couler un bain chaud. Je prépare une tisane et je reste à flotter dans l'eau.

Ne pas savoir quoi faire tout en ayant envie de faire différemment. Pour l'heure, je manque de perspectives. Et j'ai un rendez-vous.

6

Lorsque je sors au matin, la lumière est plus propre, lavée par la pluie de la veille. Après une balade dans le jardin, je m'installe dans un café à l'allure chaleureuse avec du bois et un vieux comptoir en zinc. Je commande un café double et je fixe mon attention un moment sur les personnes qui traversent la place. Un vague brouhaha de conversations meuble le lieu et je reporte mon attention sur les personnes présentes. Un monsieur habillé avec soin, pantalon beige et souliers de cuir parfaitement cirés, portant un manteau court en laine bleu marine et une écharpe croisée dans l'échancrure. Classique et élégant. Une femme entre deux âges maquillée à la perfection me rappelle combien je suis nulle en maquillage. Je trouve que cela ne me va pas et j'y ai renoncé depuis quelques années. Je sens son parfum Habanita. J'adore ce parfum, et pourtant, je ne l'ai jamais porté. Parfois, vous aimez quelque chose, mais comme si vous ne vous autorisiez pas à vous l'approprier, vous le laissez hors de votre espace. Je pense qu'il y a des moments propices pour chaque chose. La rencontre avec un parfum est encore plus subtile que la rencontre avec un homme. Vous faites corps avec un parfum et il soigne votre âme par le pouvoir des odeurs. Chaque parfum que j'ai porté est une rencontre à un moment clé de ma vie, et contrairement aux hommes, je suis plutôt fidèle au parfum. Les années d'adolescence, j'étais Amazone d'Hermès. L'entrée dans la majorité, je suis devenue Chanel N°5, et ensuite, je suis devenue Guerlain. Mitsouko m'a révélée à moi-même et provoquait une attirance extrême des hommes. Shalimar ensuite m'a donné une belle assurance. Aujourd'hui, je ne porte plus de parfum. Une pause comme je fais une pause dans ma vie. Pas besoin de baiser tous les soirs. Pas besoin de me parfumer tous les jours. Pas besoin de travailler. Seul compte le retour à l'essentiel.

Je me souviens d'un homme qui m'a charmée par son parfum et un autre déclenchait des pulsions sexuelles incontrôlables. Les parfums étaient cependant bien mieux que les hommes qui les portaient.

Mon père portait Eau Sauvage de Dior et ma mère Calèche. Ma grand-mère portait un parfum ambré dont je n'ai jamais su le nom. Le parfum était dans un flacon avec une pompe à pompon élégant.

Il m'arrive de sentir des odeurs sans source, certains disent que ce sont les anges qui se manifestent. Je ne sais pas si je crois aux anges, je ne crois pas en Dieu, mais les odeurs sillonnent ma vie.

Une femme entre dans le bar et l'ambiance change avec elle. Perdue dans mes pensées, je n'ai plus fait attention aux clients et l'établissement est plein. Elle s'approche avec un léger sourire aux lèvres.

— Je peux m'asseoir à votre table ?

— Bien sûr.

Elle fait signe de la main au barman qui lui répond d'un clin d'œil. Certainement une habituée. Elle a des cheveux épais d'un gris foncé coupés au carré bouclant élégamment et son regard bleu me fait penser à ma grand-mère. C'est étrange comme l'esprit rebondit d'une odeur à un visage tout en parcourant les archives de la mémoire.

— J'aime beaucoup votre robe.

— Merci.

— Je peux la trouver ?

— C'est une amie qui l'a faite il y a un moment.

Je porte une création de Mila un jour où nous passions à la Halle Saint-Pierre ; j'avais trouvé de la soie d'un bleu nuit moiré qui m'avait fait fondre, et Mila, aussitôt rentrée, l'avait composée avec les manches d'un pull que j'adorais, mais en sale état, et cette robe est aussi agréable à porter qu'une chemise de nuit tout en me donnant un air sexy.

Lorsque le serveur arrive avec un café et un verre d'eau, je commande un thé.

— Vous vivez à Paris ?

— Oui et non.

— Vous ne savez pas trop où vous en êtes.

— Cela se voit tant que ça ?

— Pour qui sait voir.

Je lui souris et son regard bienveillant me fait chaud au cœur. C'est une belle femme dotée d'une beauté intérieure qui irradie. Je lui donne un peu plus de quarante ans, mais elle pourrait tout aussi bien en avoir dix de moins ou dix de plus.

— Vous cherchez votre voie, c'est ça ?

— Exactement. Vous êtes médium ?

— Un peu. Je suis très connectée au ressenti, comme on dit aujourd'hui.

— Vous pouvez m'expliquer pourquoi je n'arrive pas à savoir ce que je veux faire ? Je sais ce que je ne veux pas faire, mais je ne trouve pas quoi faire.

Elle sourit largement.

— Vous avez un peu de temps ?

Je regarde l'heure sur mon téléphone : j'ai rendez-vous avec Ariel dans moins d'une heure.

— À peine plus d'un quart d'heure.

— Vous êtes sur Paris encore quelques jours ?

— Oui.

— Alors, je vous laisse mon numéro de téléphone et on se revoit un jour avec du temps.

— Merci, j'apprécie votre proposition.

— En attendant, cessez de vous demander quoi faire, soyez attentive à ce qui vous entoure ici et maintenant. Le passé est terminé et le futur n'existe pas encore, seul le présent est important et toutes les réponses s'y trouvent à condition d'être attentif. Vous voyez ce que je veux dire ?

— Oui, tout à fait. Je vais ranger le vélo qui tourne dans ma tête et couper la bande-son.

— C'est un bon début, en effet.

Je bois mon thé et un rayon de soleil illumine l'église comme une manifestation de l'esprit divin.

— Je m'appelle Laura.

— Cylia.

Je ne peux m'empêcher d'entendre sonner son nom comme « l'aura ». Sans doute que ma promenade dans le jardin du Luxembourg m'a fortement oxygéné l'esprit et réveillé l'imagination.

Je quitte le café avec le numéro de téléphone de Laura et, d'une démarche souple et plus légère, je me dirige vers les Tuileries. L'exercice du jour : regarder autour de moi comme si c'était la première fois. Je franchis la Seine par la passerelle en bois baptisée en l'honneur d'un célèbre écrivain et politicien sénégalais. Les arbres presque entièrement dénudés et les flots boueux du fleuve et la lumière unique de Paris avec d'énormes nuages glissant sur fond de ciel bleu. Une très belle journée s'annonce.

Une expo photo avec le photographe Ariel est tout sauf pontifiante. Nous déambulons en silence entre les différentes salles et les quatre photographes exposés. J'apprécie qu'il ne commente pas le moindre cliché et ne se perde pas dans des détails techniques.

— Quelle a été ta première photo ?

— Les fourmis. J'ai reçu pour mon septième anniversaire un boîtier avec un petit zoom et je passais des heures allongé au-dessus de la fourmilière à prendre des clichés. J'étais fasciné par les fourmis. Et toi ?

— Un autoportrait dans le miroir de la salle de bains avant de me couper les cheveux. Un boîtier Polaroid.

— Tu avais quel âge ?

— Six ans. Sans le savoir, je faisais mon premier before/after.

Ariel sourit et m'entraîne vers la sortie.

— Assez de photos, je t'invite au restaurant. Italien ?

— Parfait !

Ariel m'entraîne vers un square à l'abri du bruit de la ville dans un bon restaurant. Nous commandons une pizza à partager et une bouteille de Chianti. Je regarde le square très minéral et peu fréquenté. C'est plus un raccourci qu'un lieu où l'on vient traîner. Des pigeons s'envolent au passage d'un homme pressé et Ariel me raconte comment il a gagné un prix photo avec des pigeons quand il était au lycée.

— J'avais répandu des graines au sol et je m'étais mis au milieu, immobile. Les pigeons rapidement venaient manger et d'un pas, je les faisais s'envoler et je déclenchais.

Je l'écoute en buvant une gorgée de vin lorsque j'aperçois un couple se tenant par la taille portant un sourire radieux sur le visage. Et là, je réalise que je connais l'homme. Le couple s'arrête au milieu de la place, s'enlace et s'embrasse dans la plus pure tradition hollywoodienne. Un french kiss à l'américaine. Je regarde Jonas embrasser une fille très jolie que je ne connais pas. C'est une chose de ne pas être fidèle ni jalouse, c'en est une autre de le voir, d'autant que Jonas ne m'a même jamais tenu la main en public. Le couple reprend sa marche et j'entends Ariel.

— Cyl, tout va bien ?

— Oui, pardon, je me suis envolée avec le pigeon.

Je vide mon verre et Ariel le remplit. Je sens qu'il ne croit pas à mon histoire de pigeon et lui aussi a vu le couple s'embrasser. Comment ne pas le voir, ils avaient quasiment un spot de lumière braqué sur eux. D'un autre côté, je vois Jonas rarement, inutile de lui demander de vivre en moine entretemps. Et je ne lui ai même pas dit être encore à Paris. C'est juste mon orgueil qui est blessé. Vouloir être l'unique, c'est humain, je crois.

— Je te montre où je travaille ?

Je reviens à Ariel avec ses boucles châtains et son sourire.

— Oui, avec plaisir.

Nous remontons le boulevard, puis le passage Jouffroy et encore quelques rues pour déboucher sur un square que je ne connais pas. Un square végétalisé, celui-ci entouré d'immeubles. Nous entrons dans l'un d'eux et nous prenons un ascenseur étroit, comme souvent à Paris, pour grimper au dernier étage. Ariel ouvre une porte sur une enfilade d'anciennes chambres de bonne transformée en loft. La lumière entre par les fenêtres hautes. C'est un peu comme chez moi, mais en plus grand.

— Pas mal.

Des tirages en noir et blanc sont posés au sol. Je reconnais un Boubat et un Cartier Bresson. Il y a des appareils sur pied et des ordinateurs aux écrans larges.

— Tu veux boire quelque chose ?

— Oui, merci.

— Alcool ?

— Alcool.

— Bière ou whisky ?

— Whisky.

Ariel me tend un verre et place un fauteuil devant un écran.

— Je te montre un diaporama de mes œuvres ?

— Je suis prête.

Je trinque avec lui et il envoie les images.

— J'ai rassemblé les photos de la première à aujourd'hui. Tu vas voir, c'est assez fourre-tout. Il y a ce que je photographie pour moi et les photos qui me font vivre.

Noir et blanc, couleur, avec ou sans personnages, le cadrage est toujours juste. Le point de vue, souvent original. Et les plats cuisinés me donneraient à nouveau faim.

— Pas de nu ?

— Pas trouvé la personne pour ça. Je voudrais un nu intimiste du quotidien, pas quelque chose de posé.

— Tes petites amies ?

— Cela ne s'est pas fait.

— J'aime beaucoup ton œil. Vraiment, très bien. Tu as déjà fait des expos ?

— Quelques tirages accrochés dans des bars ou des cafés, c'est tout. Je suis un photographe parmi tant d'autres. Ma force est de savoir créer des sites web ; la photo, en illustration, ça marche bien.

Je bois une gorgée de whisky et je marche dans le long appartement.

— Tu vis ici aussi ?

— Oui, la chambre est tout au bout, derrière la salle de bains.

— Chez moi, c'est un peu comme ça, mais en plus petit.

Je reviens m'asseoir et Ariel remplit mon verre.

— Tout à l'heure, au restaurant, le couple qui s'embrassait, tu le connais, n'est-ce pas ?

— Cela ne t'a pas échappé. Oui, c'est mon amant. Nous n'avons pas de relation exclusive et je ne suis pas jalouse, mais cela fait étrange de le voir se comporter avec une autre. Il ne m'a jamais touchée en public.

— Ce que l'on exprime en public n'est pas toujours raccord avec la réalité.

— Sans doute. D'un autre côté, je ne suis pas amoureuse de lui c'est peut-être aussi pour ça.

— Tu maintiens la distance ?

— Oui, je suis douée pour ça. Ce que je prends pour une protection.

— Mais qui t'enferme.

— Ça sent le vécu.

— Oui, je connais ce genre de relations.

— Tu as une amie en ce moment ?

— Non. Uniquement des rencontres de passage. Je ne cherche pas, en fait. Les rencontres se font et se défont rapidement.

— Oui, comme moi.

Je renverse la tête vers la fenêtre et je regarde le ciel parsemé de lourds nuages chantilly. Ariel se lève et met de la musique. Un groupe que j'aime, du genre indie pop, et il tend la main pour m'inviter à danser et je me laisse faire. Sa main est à la fois douce et forte. Je pense qu'il a un bon équilibre entre son masculin et son féminin. Cela se ressent aussi dans son travail. Je sens sur sa peau un parfum boisé très agréable et ses mouvements souples m'emportent sur la mélodie. Nos corps tantôt proches tantôt éloignés, le parfum et l'alcool, le rythme de la musique, je plonge mon regard dans celui d'Ariel et, d'un sourire, nous nous embrassons. Un baiser léger qui gagne en intensité pour finir par nous embraser.

— Tu dégages de puissantes vibrations.

— Toi aussi.

Et je l'embrasse à nouveau. Le soir descend sur la ville tandis que nous nous enfonçons dans le plaisir. Nos baisers nous poussent à la jouissance et nos corps prennent le relais. Un véritable feu d'artifice de plaisirs.

Chaque nouvel amant me rappelle pourquoi je ne veux pas d'histoire de couple et de fidélité. La découverte toujours renouvelée du plaisir est vraiment enivrante. Lorsque vous découvrez une bouteille de vin, vous ne vous arrêtez pas là en pensant avoir tout goûté ? Le sexe, c'est la même chose.

Ariel est différent et nous nous emboîtons parfaitement. La première fois entraîne souvent un tâtonnement pour découvrir l'autre. Avec Ariel, nous sommes dans l'immédiateté et c'est réjouissant.

En travers du lit où nous avons fini par aboutir, je souris béatement.

— Tu es toujours comme ça ?

— Pas exactement. J'ai même été traité d'ennuyeux au lit.

— Comme quoi, les compatibilités, cela existe.

— Oui, le mot est juste. Compatibilité. Tu as faim ?

— Soif, surtout.

— Ne bouge pas.

Je le regarde partir nu vers l'autre bout de l'appartement. Un joli cul musclé et un long dos élancé. Je remets un coussin en place et je m'adosse à la tête de lit. Ariel revient avec de l'eau et des bières.

— Merci.

— Tu as faim ?

— Je ne sais pas vraiment.

— Je n'ai pas grand-chose, mais le restau en bas ferme tard.

— Il est tard ?

— Il est minuit.

— Ah oui, tout de même. Le temps file vite avec toi.

Ariel s'allonge sur le côté, tout sourire.

— Agréablement, j'espère.

Je pose un doigt sur son nez et je bois une gorgée de bière, réveillant la faim.

— Tu es sûr de ne rien avoir à manger ?

— Je ne suis pas très doué en cuisine. Ce qui est sûr, c'est que je n'ai aucun produit frais.

— Je peux regarder ?

— Bien sûr.

Je sens le regard d'Ariel sur mon corps lorsque je vais jusqu'à la cuisine. Le frigo est plein de bières et d'un bocal de câpres. Le placard contient des pâtes et une boîte de thon.

— Tu as de quoi nous nourrir. Je peux ?

— Bien sûr.

Ariel me rejoint. Je mets un peu d'huile dans la poêle et les pâtes, je couvre d'eau et j'allume le feu.

— Tu as des épices ?

— Oui, ça, ça se conserve, j'en ai.

Je rajoute origan, ail séché, paprika et cumin.

— Voilà, dans une vingtaine de minutes, tu rajoutes le thon émietté et les câpres et c'est prêt.

— Magique !

— En quelque sorte.

Ariel me prend dans ses bras et passe une main dans mes cheveux courts.

— Tu portes toujours les cheveux courts ?

— Non, j'ai un rapport un peu extrême avec mes cheveux. Je me suis tondue pour exprimer ma rébellion dans mon dernier boulot. Je peux passer des mois sans m'occuper d'eux. J'ai eu une période où je changeais souvent de couleur. Un truc de fille, quoi.

— J'aimerais te voir avec des cheveux.

— J'ai des photos.

— Je croyais que tu n'aimais pas les photos.

— Je photographie mes cheveux uniquement, c'est différent. C'est pour me souvenir de mes transformations capillaires. Mon premier selfie, tu te souviens ?

Ariel sourit, amusé, et je vais chercher mon téléphone.

— Me voilà il y a six mois environ.

J'ai les cheveux en boucles larges presque aux épaules.

— Wow, tu es encore plus belle. Tu as un air de star.

— N'exagère pas.

— Tu sortais de chez le coiffeur ?

— Non, de mon lit.

Ariel sourit.

— Magnifique.

Je finis la cuisson du repas et nous mangeons dans des bols, assis chacun dans un fauteuil.

— Tu veux bien dormir ici ?

— J'accepte ton invitation.

— Tu es une excellente cuisinière à la fortune du pot.

— Oui, les placards, je connais. *Less is more* est une devise qui s'applique dans beaucoup de domaines.

« Placard », le mot résonne. Et si je m'étais mise toute seule au placard durant toutes ces années ?

Cette nuit, j'ai la sensation de sortir d'un long engourdissement. Comme si je m'éveillais à la vie. Comme si la carapace de protection que je porte depuis la mort de mes parents était en train de se transformer. De me renforcer sans m'isoler.

Au petit matin, je me hisse sur la pointe des pieds pour voir le rosé du ciel au lever du soleil. Je passe aux toilettes et je reviens après m'être rafraîchi le visage. Ariel, allongé dans le lit, me suit du regard.

— Je dois partir.

— Nous allons prendre un café ?

— D'accord, mais rapide.

— Tu ne vas pas disparaître ?

— Non, j'ai simplement un rendez-vous et je dois passer me changer.

L'air frais finit de me réveiller et me permet de reprendre pied dans la réalité. Quelle nuit !

Ariel prend ma main pour m'entraîner à traverser la rue et je me sens comme une enfant légère et riante.

Nous nous installons dans un café rescapé de la gentrification des quartiers et nous commandons deux doubles cafés.

— Je te revois quand ?

— Je suis là. Tu dois avoir du travail, mais je suis là.

— Si je te dis ce soir, c'est trop ?

— Non, je t'invite à manger dans un endroit que j'aime beaucoup, d'accord ?

— D'accord.

Le café bu relance la machine et je suis prête à filer.

— On se retrouve où ?

— Je t'envoie un texto.

Je pose un baiser sur ses lèvres pulpeuses et je file.

Mes pas sont plus grands, je me sens plus grande et dégagée d'un poids. Je ne vois pas d'autres mots pour illustrer cette sensation dans la poitrine. Je pense à l'effet double détente du massage de June et à ma rencontre avec Laura. D'être ici chez moi et non pas dans une quelconque chambre en location. D'être ici, à Paris, la plus belle ville du monde.

Jonas rejoint la liste des amants de passage. Après tout, je n'ai jamais été fidèle, pas plus à lui qu'à un autre, et pour ceux qui auraient pu croire à ma fidélité, c'était seulement par manque d'opportunité, alors *So long, Jonas ! Welcome Ariel !*

7

J'ai rendez-vous avec Laura. Je marche en respirant profondément en accord avec mes pas, et l'odeur des pots d'échappement gâche un peu le plaisir de la balade. Je retrouve Laura dans un salon de thé quasiment désert à cette heure matinale. Nous commandons un thé fumé et Laura me sourit.

— Vous êtes comme enfermée dans un cube.

Je la regarde un moment, interloquée.

— Je me cogne en effet contre les murs. J'ai la sensation d'être dans un tunnel sans sortie plus que dans un cube.

La serveuse dépose la théière sur la table et des scones.

— Vous êtes verrouillée en vous-même. Vous connaissez le Rubik's Cube ?

— Oui.

— Vous êtes comme une personne tournant en tous sens les faces du cube sans jamais parvenir à aligner les couleurs.

— Je le ressens, et je fais comment ?

— Vous devez vous centrer. Retrouver la connexion avec votre moi profond. Être vous-même. Vous retrouver et cesser d'avoir peur.

— Sacré programme.

— Oui, l'œuvre d'une vie. Mais vous êtes jeune, vous y arriverez. Tout le monde n'est pas conscient de cet état. Vous l'êtes donc, vous avez déjà fait une partie du chemin.

Je bois une gorgée de thé presque brûlante en me demandant si Laura est seulement un de ces gourous new age. Pourtant, je sens autre chose.

— Concentrez-vous sur vous et pensez à ce que vous voulez vraiment faire, Cylia.

Je bois mon thé.

— Je sens que vous avez traversé une épreuve, mais cette épreuve, ce n'est pas vous. Vous êtes libre et vous pouvez faire ce que vous voulez. Libérez-vous !

Je regarde Laura et je souris.

— Prenez du temps pour vous. Arrêtez de passer de contrat en contrat et de lieu en lieu. Posez-vous et trouvez-vous.

— Comment vous savez tout ça ?

— Je ne sais pas. Je ne fais que ressentir et transmettre. Je suis un canal. Lorsque je vous ai vue dans ce café, j'ai su tout de suite. Je ne contrôle pas. Après, libre à moi de partager ou non mon ressenti, mais vous méritez de savoir.

— De savoir quoi ?

— Que la vie vous appartient et que le meilleur vous attend. Vous avez été désaxée, mais vous pouvez retrouver votre chemin. N'ayez aucune crainte et tout ira bien.

— Comment savoir quoi faire ?

— Écoutez-vous. Sentez et ressentez avec vos sens et pas avec votre tête. Oubliez les étiquettes de métiers, pensez matière, couleur, odeur.

— J'ai rencontré une masseuse qui m'a fait beaucoup de bien dernièrement qui agit dans le même sens.

— Les rencontres se font lorsque le travail s'engage. Vous êtes sur la bonne voie. Prenez du temps pour vous trouver. Vous avez fui une réalité pendant des années pour vous protéger et vous vous êtes perdue. Vous savez qu'il est temps de vous poser pour vous.

Je souris à Laura et je bois mon thé.

— Souvent, les femmes ne m'apprécient pas et j'ai peu d'amies filles, mais voilà que je rencontre deux femmes en quelques jours tout à fait exceptionnelles.

— Parce qu'il est temps de prendre soin de votre part féminine. Vous le savez et la vie met sur votre chemin ce dont vous avez besoin.

— Tout est simple.

— Oui, tout est simple, c'est d'être dans votre tête qui complique tout. Vous devez vous ancrer. Commencez par les pieds.

— Je marche beaucoup.

— Excellent ! Vous voyez, vous savez naturellement vous laisser guider vers ce qui est bon pour vous. La marche vous ouvrira le chemin. Laissez tomber les peurs et les craintes. Le présent pourvoit à vos besoins. La mort fait partie de la vie. Vivez sans penser à rien d'autre. Vivez pour vous.

Le thé est froid dans la tasse et j'en rajoute pour le réchauffer.

— Vous avez raison. Je commence à comprendre dans quel placard je me suis enfermée.

— Sentez avant de comprendre. Ressentez. Profitez des choses simples de la vie. Boire, manger, dormir, baiser, marcher. Écoutez-vous et faites selon ce que vous ressentez au fond de vous. Tout le monde n'est pas capable d'entendre ce que je vous dis, mais vous l'êtes. Vous êtes une belle personne. Une belle personne endormie pour se protéger du chagrin et de la peur. Mais la vie ne fonctionne pas comme ça. Vous devez éprouver. Ressentir et agir en accord avec vous-même. Alors, vous vivrez pleinement et vous vous réaliserez. Peu importe dans quoi, du moment que c'est en accord avec qui vous êtes.

— Merci de votre temps et de me parler ainsi. Je sais que les hasards n'existent pas et je suis heureuse de vous avoir rencontrée dans ce café.

— Moi aussi. Les belles âmes se font rares.

Je goûte pleinement au scone en appréciant la chance d'une telle rencontre.

Je quitte Laura et je marche. Je n'ai pas de but précis, je laisse faire mes pieds. Je sens une odeur et je découvre une boutique de parfum. Pas de marques connues, mais un créateur de parfum. J'entre et, devant les flacons exposés permettant de sentir les fragrances, je lis les noms. Santal. Patchouli. Ambre, suivis de numéros indiquant le nombre de composants. Je choisis instinctivement santal et l'odeur semble juste être faite pour moi. Le parfum se décline en différentes versions et j'opte pour un parfum solide dans un écrin en métal brossé facile à glisser dans un sac. Je reprends ma marche tout en pensant à mon rendez-vous avec Ariel. Que de rencontres, ces derniers jours, et Ariel est comme envoyé du ciel. J'ai deux tenues et je pense à en trouver une autre lorsque je croise Mila.

— Ma création à l'honneur ! Tu es superbe.

— Tu tombes bien, je pensais acheter une autre tenue.

— Je connais une boutique sympa, je te montre ?

Je suis mon amie quand soudain, je réalise qu'elle vit Rive droite et que je ne l'ai jamais croisée par hasard.

— Tu fais quoi dans le quartier ?

— Une interview pour mon expo pour le dossier de presse, je crois.

— Tout s'annonce bien ?

— Oui, j'ai le trac, mais rien d'anormal. Tu as une mine resplendissante. Jonas ?

— Non, pas Jonas.

— Tant mieux.

— Tu sais qu'il voit d'autres filles ?

— Je sais que tu n'es pas stupide. Comment le sais-tu ?

— Je l'ai vu.

J'allais ajouter « par hasard », et je réalise que ces multiples hasards ressemblent davantage à des signes d'alertes ou à des informations silencieuses. Comme des messages de l'univers, pour paraphraser les New Age.

— Tu te souviens de Marie et son élevage de moutons ?

— Oui, très bien, la dernière fois que je l'ai vue, c'était le jour de ma rencontre avec Jonas.

— Figure-toi qu'elle s'est prise de passion pour le tweed et qu'elle part aux Hébrides.

— Génial.

— Ouais, je trouve que son idée fixe sur la laine fait son chemin.

— J'adore le tweed.

— Et ton pantalon kilt est magnifique.

— Angus est doué. Moins créatif que toi, mais doté d'un excellent savoir-faire.

La boutique est étroite, remplie de portants rangés par couleur. Je regarde vers les bleus et gris.

Mila discute avec la vendeuse et je sors une robe et une autre.

— Essaie-les !

La jeune fille ouvre le rideau de la cabine. Tandis que je passe la première robe, je vois la moue sur le visage de Mila.

— Essaie aussi celle-là.

Mila a vu juste. Son choix est bien meilleur. Un décolleté en V, un tissu souple à base de laine et un vert bleu qui met en valeur mes yeux.

Lorsque nous sortons, Mila m'embrasse.

— Je te laisse, la Belle, j'ai encore un rendez-vous. On s'appelle !

Et elle file dans la rue.

Je rentre lentement chez moi et je croise Tania.

— Tu es là ! Tu as bonne mine, Cylia.

— Toi aussi, quel est ton secret ?

— L'amour, ma chérie, l'amour seul importe et l'amour de soi avant tout.

— Tu as raison, Tania. Mauruuru.

Une fois chez moi, je prends une douche et je crème mon corps avant de me parfumer avec ma découverte du jour. L'odeur me fait voyager. Je pense à la Mésopotamie et à quelque chose de sacré, presque magique. J'enfile la nouvelle robe et, dans le miroir de la salle de bains, je me trouve plutôt pas mal.

Je donne rendez-vous à Ariel à la gare du Nord et je prends le métro. Les grillons du métro ont disparu avec l'interdiction de fumer dans les stations. Les grillons se nourrissaient du tabac des mégots. Faute de mégots, ils sont partis ailleurs. Je trouvais poétique d'entendre le chant des insectes en attendant la rame sur les quais souterrains. Où est l'ailleurs des grillons, aujourd'hui ?

Ariel est là et me serre contre lui.
— Tu sens bon.
— Un nouveau parfum.
— J'aime beaucoup.
— C'est un parfum unisexe.
— Hum, je pourrai l'essayer ?
— Si tu veux.
Je l'entraîne vers le restaurant.
— Je vois que nous avons les mêmes valeurs.
Je me marre et nous entrons dans le restaurant breton. Ici, vous changez de monnaie et c'est comme si vous changiez de dimension. Vous pourriez être n'importe où et surtout là où vous voulez être. Nous choisissons des crustacés et du cochon avec de la bière en pinte.
— Tu es ravissante.
— Merci, t'es pas mal non plus. Certainement le plus beau mec du coin.
— Oui, enfin, jusqu'au prochain beau mec qui entrera.
— Peu importe, je dîne avec toi.

Ariel prend ma main et pose un baiser dessus. Nous passons une délicieuse soirée. Sans interrogatoire visant à se découvrir comme trop souvent lors d'une rencontre, et j'apprécie d'être ici dans le présent sans avoir à raconter mon histoire ou écouter la sienne. Nous sommes sur la même longueur d'onde. Nous allons chez lui pour la nuit. Courte nuit pour le sommeil et longue nuit pour le plaisir.

Je marche dans les rues de Paris rincées par la pluie de la nuit. Je souris aux anges. Je respire, la musique dans les oreilles. En traversant les Tuileries, j'y prends un café. Je zigzague dans Paris comme je zigzague dans la vie depuis dix ans. Quel schéma va émerger de ces déambulations ? Être sur le chemin est sans doute la chose la plus importante de la vie. Vivre sans passer à côté de sa vie. Je sens combien il est important d'être plutôt que de faire. Mon corps inondé d'ocytocine me donne un nouvel élan. Le plaisir me donne la patience. Pas besoin de décider vite et de partir droit devant tête baissée. Prendre le temps de faire des choix. La croisée des chemins avec le luxe de pouvoir prendre le temps. Le véritable luxe.

De gros nuages s'amoncellent et je sens la pluie revenir. Je reprends ma marche et j'achète de quoi manger avant de rentrer chez moi.

Je prépare une théière de thé vert et je m'installe par terre sur un coussin en position de méditation. Je pense à mes dernières rencontres. June et Laura et aussi mes amis proches. Jonas semble une histoire terminée. Le voir tellement bien avec cette fille a rendu notre relation bancale, et puis je n'ai jamais vraiment eu envie de le voir. C'était une relation par défaut. Adorable et créatif, mais sans ce titillement dans le ventre comme lorsque je pense à Ariel. Je sens encore ses mains partout sur mon corps et sa bouche…

Nous n'avons pas parlé de notre prochaine rencontre. Je bois une tasse de thé et je respire profondément. Je ferme les yeux et je laisse mon esprit glisser sur les pensées. Je glisse et j'oublie le temps.

8

Je prends l'appel tout en marchant. Aujourd'hui, objectif les Buttes-Chaumont. Mon anniversaire approche et le prochain travail aussi. Pour l'anniversaire, je n'ai rien de prévu si ce n'est une ou deux bouteilles de champagne pour me tenir compagnie ; quant au travail en station de ski, je n'arrive pas à déterminer si cela pourrait être utile ou simplement une perte de temps dans mon envie de reconversion. Je ne veux pas les planter au dernier moment, alors il est temps que je me décide. D'où la longue balade du jour. Je porte le pantalon d'Angus et un gros pull sur un petit pull. J'ai ressorti un sac que j'avais lorsque j'étais étudiante, pratique à porter en bandoulière. Je marche les mains libres et l'appel vient me sortir un moment de ma rêverie. Je réalise que je suis à République. Je ne me souviens même pas avoir franchi la Seine.

— Marie, comment vas-tu ?

— Bien, je suis sur un nouveau projet. Je dois venir à Paris, tu pourrais m'héberger ?

— Bien sûr. Quand arrives-tu ?

— Demain, c'est trop court ?

— Pas du tout.

— Alors, c'est super. Je te raconte tout demain. Merci, Cyl.

— OK, à demain.

La musique reprend et je continue ma balade.

Marie est l'amie qui fait dans la laine. Mila a parlé de tweed. Décidément, c'est comme ce jeu où il est question de relier les points. Là, ça se joue entre mes amis, quelque chose dans l'air chatouille mes narines. Je respire et je progresse vers la Butte.

Une fois dans le parc, je fais une photo de mon pantalon et je le poste sur Instagram avec un hashtag pour Angus. Il était temps que je lui rende publiquement hommage. Je m'installe dans l'établissement encore calme et je commande un café et une brioche. Le parc est en manteau d'hiver, les platanes dénudés, l'herbe courte et maigre. L'eau du lac n'invite pas à la baignade. Des joggers passent en cadence et des mères de famille derrière des poussettes. Un canard remonte la pelouse en se dandinant et les pigeons avec leurs hochements de tête progressent au rythme de la musique qui tourne dans le lieu.

Au cours de la semaine, j'ai vu Ariel deux fois, et deux fois magiques. Il travaille pas mal en ce moment et je dois moi aussi travailler cette question de quoi faire.

Lorsque les premiers clients pour le service de midi arrivent, je lève le camp et je me balade dans le parc. Comment l'Homme transforme-t-il une carrière en parc romantique ? Les Buttes-Chaumont sont un excellent exemple de la transformation de la nature par l'Homme, jouant à rendre l'artifice plus réel que nature. Mon esprit rebondit sur les mannequins coiffés et maquillés dans une transcendance faisant oublier la réalité humaine de la personne. Et quel meilleur exemple que Marilyn Monroe passant des heures à se transformer pour faire émerger du corps de Norma Jane la star que tous attendaient ? Montrer son corps pour mieux cacher son âme ?

Je prends le chemin du retour et, traversant le canal Saint-Martin, je réalise que j'ai très faim. J'évite les restaurants bobos du quartier et je me dirige vers le Faubourg Saint-Denis. Je m'installe dans un micro snack pour manger un sandwich kurde chaud et réconfortant. Les quelques clients qui arrivent à trouver une place se serrent les uns contre les autres tandis que ceux qui achètent à emporter font la queue sur le trottoir. Un léger nuage de vapeur s'échappe de leur bouche lorsqu'ils parlent. Je mâche lentement pour remplir mon estomac après ces heures de marche lorsque je sens une présence immobile devant moi. Je relève la tête et je découvre Jonas. J'ai complètement oublié qu'il habite le quartier. Je lui souris en avalant ma bouchée.

— Cyl ? Mais tu es à Paris ?

— Oui, un changement de programme.

— Et tu n'as pas appelé ?

— Toi non plus.

Il sourit, à peine gêné.

Le type à côté de moi quitte son siège et Jonas prend sa place.

— Je croyais que tu étais dans les Alpes.

— Eh bien non. Je t'ai vu un jour avec une très jolie fille et j'ai compris que je ne te manquais pas du tout, et c'est tant mieux.

— Je vois.

— Tant mieux. Tout va bien ?

— Oui et toi ?

— Parfaitement. Je prends le temps et c'est très agréable.

Le type qui empaquète les sandwichs appelle Jonas.

— Bien, je te laisse. À bientôt.

Je me contente de sourire et je le regarde se glisser entre le mur et la file d'attente. Je me sens sereine, comme après avoir vu une connaissance. Seulement une connaissance.

Je termine mon sandwich et je pars à mon tour, cédant la place à un autre client. Je ne sens ni regret ni envie. Je suis juste indifférente. Je porte toujours ses créations parce qu'il s'agit de bagues que j'aime sans relation avec lui sur le plan sentimental. Il s'agit d'un objet et non d'un symbole.

Je rentre chez moi et je profite de la venue de Marie pour faire du ménage.

En plus de mon lit, j'ai une banquette, l'un des derniers achats meubles de ma mère. Une superposition de matelas dans différents tissus offre un lit d'appoint confortable.

Je passe la soirée à consulter des sites sur l'Écosse et les Hébrides ainsi que sur le tweed, totalement fascinée.

Lorsque Marie débarque, je réalise combien Mila, elle et moi avons beaucoup en commun. Taille élancée, couleur de cheveux brun et quelque chose dans le tempérament. Faire comme tout le monde ne nous sied pas.

— Merci de m'accueillir.

— Mais c'est normal. Si je n'avais pas été là, j'aurais demandé à Tania de te passer les clés.

— Tu es superbe, et ce pantalon est carrément incroyable.

— N'est-ce pas ? Une création d'Angus. On va boire un truc dehors et tu me racontes ?

— Oui, j'ai besoin de voir de nouvelles têtes. Vivre dans une bergerie limite les contacts sociaux.

— Allons au pub !

Nous traversons la place Saint-Sulpice et Marie sautille sur place.

— Comme je suis contente d'être à Paris.

— Oui, je m'y fais bien aussi.

Nous commandons deux pintes et une assiette de frites avec du cheddar.

— Alors, raconte ! Mila a parlé des Hébrides.

— Oui, je pars là-bas pour monter un projet entre savoir-faire des laines écossaises et pyrénéennes. Je dois trouver un photographe et un écrivain, parce que nous voulons sortir un livre et un site pour étayer le projet.

— Génial !

— Je suis ici pour un rendez-vous avec la maison d'édition. Tu écris toujours ?

— Eh bien, oui, comme défouloir surtout. J'ai arrêté la collaboration avec le Webzine.

— Cela te dirait de partir avec moi quelques jours pour capter l'ambiance ?

— Tu es sérieuse ?

— Oui. Demain, je dois obtenir un crédit pour le livre et j'aimerais assez être associée à une personne que je connais.

— Quelle période ?

— Décembre.

Je souris. Moi qui doutais de devoir prendre ce boulot en station de ski, Marie ouvre une autre voie bien plus alléchante.

— Je suis partante.

Nous commandons d'autres pintes et des travers de porc avant de rentrer chez moi.

— Tu as un copain ?

— Tu veux dire à part les moutons ?

Je me marre.

— Oui, je vois un type de temps en temps, et toi ?

— J'ai rencontré un photographe.

— Il est mobile ?

— Je ne sais pas, mais il sait créer des sites web.

— Tu peux lui parler du projet ?

— Oui, bien sûr.

— Le rendez-vous est demain à dix heures. Si je présentais l'équipe, cela pourrait être plus porteur.

— La maison d'édition ne propose personne ?

— C'est au cas par cas.

Tout en marchant, j'appelle Ariel. Il est vingt-deux heures et j'entends de la musique derrière lui.

— Attends, je sors du bar. Je suis content que tu appelles.

— C'est un appel intéressé. Un projet de livre avec le besoin d'un photographe et d'un créateur de site, ça te dit ?

— Quand ?

— En décembre.

— Pour combien de jours ?

— Le temps qu'il te faut pour faire les photos, quelques jours ou quelques semaines. Le projet doit être présenté à la fin de l'année.

— J'ai un engagement début décembre, mais pourquoi pas.

— Le rendez-vous avec la maison d'édition est pour demain dix heures, tu peux être là ?

— Non, je suis en shooting.

— Je montrerai ton travail via ton site.

— Oh ! Tu es allée voir mon site ?

Je rigole doucement et j'ouvre la porte de l'appartement.

— Je te tiens au courant, d'accord ?

— Oui, parfait, et merci d'avoir pensé à moi.

— À demain.

Marie me regarde tout sourire.

— Qui est ce photographe ?

— Mon nouvel amant. Ariel. Un ange.

— Un ange ? C'est quoi déjà ce débat sur le sexe des anges ?

— Nous en débattons, justement. Un whisky ?

— Parfait, et ensuite dodo.

J'ouvre les yeux avant le réveil et je m'étire longuement. L'appartement est silencieux, Marie dort encore, sans doute.

Finalement, je me lève et je trouve le lit vide. J'entends frapper à la porte et mon amie me tend un sac de viennoiseries.

— Tu es tombée du lit ?

— J'ai l'habitude de me lever avant le jour. Un truc de moutons, et quel plaisir de marcher dans les rues encore calmes de la capitale.

— Merci pour les brioches.

Je prépare du thé et du café et nous mangeons avec appétit avant de nous préparer pour le rendez-vous chez l'éditeur.

Bien sûr, je porte le pantalon en tweed d'Angus et j'ai emporté ma tablette pour montrer les photos d'Ariel à l'éditeur.

— Comment t'est venue cette idée, Marie ?

— Des rencontres. Sur des salons, et parce que je suis différents comptes de bergers et de tisserands. La laine est renouvelable et respectueuse des cycles des saisons, sans parler de tout ce qu'on peut en faire, et le tweed, avec son histoire et son aspect plus classique pas écolo bobo truc, j'ai pensé que la rencontre de savoir-faire différents pouvait être bénéfique à chacun. Je me suis toujours sentie anglaise, alors c'est sans doute une manière de trouver une harmonie intérieure.

— Beau projet et j'adhère.

L'homme qui nous reçoit porte une barbe soignée et une veste de tweed. La pièce sent le cigare froid et un fouillis certain règne sur le bureau et les étagères. Marie expose l'idée et je présente le travail d'Ariel ainsi que mon style d'écriture.

— Vous avez pensé à tout, voilà qui me semble prometteur. Je vous donne carte blanche et un mois pour me ramener un projet, ça marche pour vous ?

— Tout à fait.

Marie retient un cri de joie jusqu'à ce que nous soyons sur le boulevard bruyant. Une dame très chic sursaute et nous éclatons de rire.

— Nous allons voyager ensemble et vivre la laine.

— C'est magique. Posons-nous dans un café, j'envoie un mail à la station de ski et un message à Ariel.

— Je vais booker les avions et ensuite, je vais chercher mes affaires et je reviens. Ariel est disponible quand ?

— Je ne sais pas exactement. Pas la première semaine.

— OK, nous partons devant et il nous rejoindra.

Le soir, nous retrouvons Ariel au restaurant pour les présentations de la dream team. Le courant passe tout de suite entre nous trois et le projet est différent de tout ce qu'Ariel a fait jusqu'à présent.

Lorsque nous quittons Ariel pour rentrer chez moi, Marie sourit avec un air mutin.

— Pas mal, ton ange !

— Oui, n'est-ce pas. Ce voyage est une nouvelle expérience et j'aime ça.

— Moi aussi.

Ce soir-là, je reste concentrée sur ma respiration pour m'endormir, les yeux au plafond vaguement éclairé par les lointaines lumières de la ville. Quelque chose vibre en moi. Quelque chose de nouveau. Je pense à l'effet double détente évoqué par Pascal. Je sens ce frémissement juste avant que l'eau se mette à bouillir. Je sens que je grandis de l'intérieur et je sens la présence bienveillante de mes parents qui pourvoient à mon confort aujourd'hui encore. M'offrant ce luxe de prendre le temps et d'avoir le choix.

9

Marie est repartie et mon anniversaire est là. Lorsque je reçois l'appel d'Ariel m'invitant à dîner, j'accepte. Je ne parle pas du jour de mon anniversaire, mais je ne suis pas obligée de rester terrée. Je songe même à me faire un cadeau. Trente ans est un âge important, non ?

Je retrouve Ariel à Saint-Germain dans un bar à huîtres. Il m'attend avec une bouteille de champagne.

— Wow ! Que fêtons-nous ?

— Eh bien, notre rencontre et notre collaboration, entre autres.

— Belle initiative.

— C'est la moindre des choses, tu m'as associé à un projet qui m'intéresse beaucoup.

— J'ai trouvé l'idée naturelle.

Nous trinquons et nous buvons en souriant tout en choisissant parmi un large choix d'huîtres.

— J'aime beaucoup cet endroit.

— Moi aussi. J'ai pensé que comme tu aimais les produits de Bretagne, tu aimerais les huîtres.

— Bonne déduction ! Tu as réservé le vol ?

— Oui, je serai là le mardi suivant.

— Parfait.

Je bois et Ariel remplit les verres et les huîtres sont parfaites.

— Marie est partie ?

— Oui.

— Et tu vis pas très loin, je crois ?

Je réalise que j'ai toujours dormi chez lui ; enfin, dormir, entre autres choses. Un réflexe de toujours. Je préfère coucher chez mes amants, c'est plus facile de partir que de les mettre dehors.

— Tu aurais envie de voir où je vis ?

— Si tu m'y invites.

— Je peux faire ça, en effet. Nous n'en sommes pas à notre premier rendez-vous.

— Le septième, ce soir.

— Tu as compté ?

— Toi aussi, j'en suis sûr.

— Et il y a une symbolique particulière reliée au septième rendez-vous ?

— Pas à ma connaissance, si ce n'est que j'ai toujours beaucoup de plaisir à te voir.

Je souris et j'ajoute « moi aussi » avant de vider mon verre.

Les huîtres terminées, je propose de prendre le dessert chez moi. Le champagne est au frais et j'ai des macarons.

Nous marchons d'un pas accordé sans prêter attention autour de nous et sans nous presser.

— Allons-nous partager une chambre pendant le séjour sur l'île ?

— Je ne sais pas ce que Marie a prévu comme logement. Tu as une préférence ?

— Je m'adapte.

Nous prenons l'ascenseur étroit et Ariel passe sa main derrière ma nuque et m'attire pour un baiser le temps de la montée vers le septième ciel. Lorsque j'ouvre la porte de l'appartement, il a un sourire ravi.

— C'est tout à fait toi.

Je sors le champagne et deux verres avec les macarons.

— Et tu vois la tour Eiffel.

— Oui, un bout.

Nous trinquons et nous nous installons sur le divan.

— Tu vis ici depuis longtemps ?

— J'y ai vécu pendant mes études et lors de mes passages à Paris entre deux boulots.

— Tu as fait quelles études ?

— Droit.

— Pas trop toi, ça.

— Pas du tout, un choix par défaut.

— Tu as des photos de toi enfant ?

Je souris et trouve son intérêt légitime en sa qualité de photographe. Tout en lui montrant un album de mes premières années, ma vie ressemble à ces albums pour enfant *Martine à…* Cylia à la plage. Cylia à la neige. Cylia à cheval. La profession de mon père nous offrait une vie très confortable et ma mère adorait la photo. C'était toujours elle qui prenait les clichés, et soudain, je réalise que depuis sa disparition, je refuse les photos.

— Cyl, ça va ?

— Oui, je viens de comprendre pourquoi je n'aime pas être prise en photo.

— Est-ce que tu vas changer d'avis ?

Je souris et je bois une gorgée de champagne.

— Tu as une idée en tête.

— Je suis photographe.

— Pour l'heure, tout ce que je vois, c'est un bel homme dans mon appartement.

— Je vois la même chose en féminin.

Ariel m'embrasse et nous oublions les macarons.

Le ciel se teinte de la lueur bleue particulière à l'aube. J'écoute la respiration régulière d'Ariel, sa main posée sur mon ventre. Un bon amant, selon moi, sait se renouveler sexuellement, et avec Ariel, chaque fois est différente, tandis que certains hommes épuisent les combinaisons dès la deuxième fois. Certains hommes lisent le mode d'emploi et toujours le même mode d'emploi et d'autres se laissent porter par l'envie.

Sa main caresse mon ventre et il sourit.

— Tu as prévu quelque chose ?

— J'ai le week-end de libre, et toi ?

— Pareil.

— Alors, nous avons tout notre temps pour explorer encore notre part de plaisir.

Je l'embrasse et je m'enroule autour lui.

Le rythme est primordial dans une relation charnelle, et avant le rythme, l'odeur. Si vous ne supportez pas ou n'aimez pas l'odeur de votre partenaire, prenez le large. Le sens olfactif dépend de la partie la plus archaïque de votre cerveau. C'est un instinct à l'état brut, et lorsqu'une impression désagréable se déclenche, c'est toujours avec raison. Je n'ai pas ce genre de problèmes avec Ariel.

Le dimanche matin, nous partons à la recherche d'un endroit où prendre un brunch. Nous avons terminé les réserves des placards et passé notre temps à baiser. Cela faisait un moment que cela ne m'était pas arrivé et c'est parfait. Une belle façon de fêter mes trente ans.

Dans le miroir, mon teint est épanoui et mes cheveux retrouvent une légère ondulation. À l'intérieur, je me sens heureuse sans cette pointe de tristesse qui accompagne cette période de l'année. Je marche en tenant le bras d'Ariel et son sourire me fait chaud au cœur. Comme si nous étions fiers d'être l'un avec l'autre.

Devant un café, un jus de pomme et une montagne de pancakes avec du bacon croustillant, nous ne parlons plus un long moment. Je termine la tasse de café et je me ressers.

— Je ne veux pas te faire peur, mais je n'ai jamais ressenti ça avec aucune de mes partenaires.

Je souris et je mange un morceau de pomme.

— Eh bien, disons que toi et moi, nous mettons la barre très haut. Comment étais-tu enfant ?

— Timide. J'ai perdu mon père à l'âge de huit ans. Il buvait trop et il s'est tué en voiture. Ma mère a fait du mieux qu'elle pouvait, mais la vie avec mon père lui avait ôté toute confiance en elle, et enfant, j'en ai subi le poids. Heureusement, aujourd'hui, elle est mariée et heureuse avec un type vraiment très chouette. Ils vivent dans le Calvados, dans une ferme.

— La vie est étrange, mais je crois qu'elle a toujours un but. J'ai tendance à voir le monde comme coparticipant. Rien n'arrive par hasard, et de chaque évènement, l'humain peut apprendre.

Je vois son œil moqueur.

— Et non, je ne fais pas partie d'une secte. Par contre, j'ai pris rendez-vous pour le tatouage.

— Le tatouage ?

— Chaque homme important de ma vie porte un tatouage.

Il se marre et passe un doigt sur ma joue.

— Et quel est ce tatouage ?

— Une paire d'ailes autour d'une bite.

Il éclate de rire.

— J'en ai toujours rêvé.

Je souris à cet homme entré dans ma vie que je connais depuis trois semaines et avec qui je vais partir en voyage en trouvant cela le plus naturel du monde.

— Et si nous allions faire une balade sur la Seine ?

— Tu veux dire en bateau-mouche ?

— Oui, nous avons besoin de nous reposer après cet énorme brunch.

— D'accord.

Une balade faite des années plus tôt pour mes dix-huit ans avec mes parents. J'imagine que c'est la façon qu'a l'univers de me dire de vivre ma vie.

Nous passons le reste de l'après-midi en promenade sur la Seine en bateau et sur les berges. Nous nous quittons sur le pont et chacun rentre chez soi. Lui a des rendez-vous, et moi, j'ai besoin de me retrouver seule.

Installée dans la baignoire, une bière à portée de main, je fais le récapitulatif des dernières semaines. J'aime vivre dans mon appartement et j'aime vivre à Paris. J'ai un amant charmant. J'ai une nouvelle piste de travail et un projet qui me passionne et j'ai trente ans. Je sens que ma vie prend enfin une nouvelle direction et que je me libère du poids du passé. Je reprends le fil de ma vie.

10

Marie et moi sommes sur l'île de Harris depuis quatre jours et nous sommes sous le charme. Nous logeons dans un hôtel et nous avons loué une voiture pour sillonner l'île à la rencontre des weavers. Je suis fascinée par la beauté sauvage de l'île et par les métiers à tisser. J'ai envie de porter toute la palette de couleurs des tweeds et mon pantalon fait beaucoup d'effet. L'île est balayée par un vent tiède pour la saison et de gros nuages filent dans le ciel et chaque rencontre m'emporte. Je prends des notes de sensations ou de termes techniques tandis que Marie s'immerge dans la production. Le soir, nous mangeons au pub et nous regardons les étoiles lorsque les nuages nous en laissent la possibilité. Le temps change très vite et je ne regrette pas de ne pas être en station de ski. J'amorce une autre vie. Le fil des métiers à tisser me permet de renouer avec le fil de mon âme, comme si je redécouvrais qui je suis à l'intérieur. J'ai laissé tomber la façade de la fille portée par le vent, je renoue avec une structure interne cohérente avec moi-même.

Lorsque nous allons chercher Ariel à l'aéroport, nous avons déjà établi un plan de shooting et j'ai commencé à écrire. Ariel m'enlace avant de saluer Marie. Marie reste dans la chambre que nous avons partagée, et Ariel et moi, nous nous installons dans une autre chambre. Peu de touristes en cette saison, et le feu de cheminée est le point de ralliement des habitués du pub.

Nous passons le mois de décembre sur l'île et le mois le plus passionnant de ma vie. Pour la découverte d'un pays, d'un métier et d'un tissu, et pour la découverte d'Ariel. Marie est légère et suit le fil de sa vie, et moi, je découvre la mienne.

J'achète du tweed pour Mila et Angus. Je suis épatée de voir travailler Ariel rapide et performant. Et j'adore la cuisine de l'île et boire des bières au pub le soir. L'océan est omniprésent, et les lumières inouïes. Souvent, je reste seulement immobile à regarder défiler les nuages et à penser à tout le chemin parcouru et à sentir la force de la nature à l'état brut autour de moi.

Le retour à Paris est étrange. Trop de monde et trop d'immeubles. Après les paysages sobres des Hébrides, c'est presque un choc. Et tout le monde parle français. Nous passons notre première soirée ensemble dans un pub. Marie dort chez moi tandis qu'Ariel rentre chez lui.

Nous avons rendez-vous avec l'éditeur pour lui montrer la maquette. Et il est d'accord pour la suite, à savoir le tissage dans les Pyrénées, puisque l'idée est de croiser les savoir-faire. La fabrication du tweed est très règlementée, tandis que la production de laine dans les Pyrénées a failli disparaître. Il y a peu, les fabricants français utilisaient de la laine importée de Nouvelle-Zélande tandis que le Harris Tweed est originellement produit uniquement avec de la laine de mouton vivant sur les îles Harris et Lewis puis face au succès et aux changements économiques, une dérogation a été accordée afin de se fournir en Écosse continentale. Il s'agit de laine, mais de deux univers très différents, et la mise en perspective est toujours enrichissante.

Les fêtes de Noël et du jour de l'An ne comptent pas pour moi depuis longtemps. Et depuis longtemps, je ne prévois rien. Je crois que c'est la première fois en dix ans que je ne travaille pas pendant cette période-là.

Lorsque j'appelle Mila pour lui apporter le tweed, elle m'invite à sa soirée de Noël et je peux venir accompagnée. Ariel est chez sa mère pour les fêtes. Marie est rentrée dans sa ferme. Je viens donc seule et pimpante à la soirée chez Mila.

Elle occupe un appartement haussmannien plein de toiles de sa composition et de meubles créés par elle et un ancien amant soudeur. Nous buvons des cocktails servis dans des éprouvettes et les autres convives sont du genre créatif. Pas d'enfants et pas de sapin de Noël. Une fête pour célibataires et jeunes couples.

Après cette soirée, je ne sais toujours pas ce que je veux faire de ma vie, mais je préfère être entourée de personnes à forte personnalité plutôt que par des personnes passant leurs journées à attendre la retraite.

Je rejoins Angus pour le Réveillon du jour de l'An à Lyon. Angus me serre contre lui.

— Ce tweed est une merveille. Je vais tailler un gilet pour moi et une robe pour toi.

— Tu n'es pas obligé.

— Tu es splendide. Tes cheveux ont bien poussé. Tu vas assister à une belle soirée. Tu te souviens d'Anton ?

— Oui, tu le vois toujours ?

— Oui, Anton est un être délicieux, cultivé et il cuisine comme un pro. En fait, c'est un pro. Nous organisons dans le restaurant où il travaille une fête avec nos amis.

— Cela ressemble à une relation.

— Oui, mais je sais que rien ne dure. Et toi ? Qui est le responsable d'une mine pareille ?

— Il s'appelle Ariel et il est photographe. Nous allons sortir un livre sur le tweed grâce à mon amie Marie.

— Et tu as mis de l'ordre dans ta vie.

— Je suis en train. J'ai laissé tomber le boulot facile sans lendemain. Je ne sais pas encore vers quoi je vais, mais j'aime participer à ce projet.

— Je te vois bien dans l'écriture. Je me souviens de toi en train d'écrire des rédactions au pied levé pour les potes qui n'avaient pas fait leur devoir du week-end. Tu débordais d'idées et de points de vue.

— Oui, je me souviens.

Le buffet constitué de finger food est parfait et l'alcool coule à flots. Angus est radieux, surtout lorsqu'Anton vient l'embrasser.

— Et pourquoi Ariel n'est pas là ?

— Il passe les fêtes en famille.

— Tu vas faire quoi, maintenant ?

— Je ne sais pas vraiment. Les prochaines semaines, je serai dans les Pyrénées pour la partie française du livre, et ensuite je verrai.

— Tu restes à la maison autant de temps que tu le souhaites.

— Merci.

Nous dansons et nous buvons. Il y a plus d'hommes que de femmes et c'est parfait pour moi. Un réveillon chaleureux et bienveillant. Quoi de mieux pour commencer l'année ?

Je fais un rêve incroyable. Une énorme lune rousse monte lentement dans le ciel, éclairant quelques nuages blancs pour ensuite se dégonfler comme un ballon baudruche jusqu'à disparaître parmi les étoiles. Un homme aimant et moi roulant très vite au volant d'une voiture de luxe pour ensuite être entourés de moutons et apprendre à les tondre et enfin à manger une grande boîte de caviar à la petite cuillère.

Je reste longtemps dans le lit pour revoir les détails du rêve aussi précis qu'un film. Finalement, je fais un café et je prends ma voiture.

Je roule un peu plus d'une heure jusqu'à cette forêt où j'ai répandu les cendres de mes parents. Une fine couche de neige saupoudre les arbres. Un hiver clément.

Le parfum des mélèzes emplit l'air et je respire à pleins poumons. Je marche sur le sentier entre de plus larges plaques de neige. Je suis seule dans le bois avec parfois le cri de corbeaux.

Lorsque j'arrive au sommet du suc, je fais le tour de l'horizon à 360° et je respire profondément tout en déboutonnant mon caban. Je peux nommer un seul sommet au sud, et aujourd'hui, avec l'air sec d'hiver, je vois la ligne enneigée des Alpes. Je sors la bouteille d'eau et je bois lentement, puis un sandwich et je mâche longuement en profitant du silence et des arbres à perte de vue. Mes parents sont peut-être là, quelque part, sous une forme invisible. Mon père a emmené ma mère ici au début de leur relation, bien avant ma naissance. C'était leur endroit. Je l'ai fait mien ensuite. Je reste longtemps sur ce promontoire au-dessus du monde et je me sens au centre du monde. De mon monde.

Les heures passent et le ciel se couvre d'une nuée opalescente. Au travers de mes lunettes de soleil, je vois des morceaux d'arc-en-ciel dans les nuages laiteux et je souris de l'intérieur. Je suis seule, assise sur ce bout de caillou, vestige d'explosions volcaniques de plusieurs millions d'années, et je me sens réconfortée par l'univers.

Lorsque je regagne Lyon, je suis centrée en moi pour la première fois depuis très longtemps, et cette nouvelle sérénité me donne une nouvelle confiance en moi.

Demain, je rentre à Paris.

J'ai laissé ma voiture dans la cour chez Angus. Le train roule sous la pluie et je bois une bière dans le wagon-bar. Dans mon compartiment, un bébé ne cesse de pleurer.

Si je fais le bilan, j'ai trouvé pourquoi je ne veux pas être prise en photo. J'ai un amant avec qui je me sens bien. J'ai des amis sur qui je peux compter. Je sais que la solution est en moi. Et je sais que je ne sais rien. Cela ressemble à un bon début.

Une femme vient s'asseoir sur le tabouret à côté de moi avec un thé.

— Les mères devraient savoir faire taire leur bébé.

Dotée de lunettes rouges et énormes, j'avais remarqué ma voisine dans le compartiment et je souris.

— J'imagine que parfois, c'est difficile.

— Vous êtes gentille, chérie. Cette jeune femme ne devrait pas avoir d'enfant. Voilà ce qu'il se passe lorsqu'on fait des actions en dehors de nous-mêmes.

Je lève ma bière et elle lève sa tasse.

— Je m'appelle Hortense.

— Cylia.

— Très chère compagne d'infortune, je suis enchantée.

— De même.

Je regarde défiler le paysage derrière les vitres et je suis le déplacement des gouttes d'eau emportées par la vitesse du train.

— Vous êtes parisienne ?

— En ce moment, et vous ?

— Oui, j'y vis depuis longtemps. Je suis née dans un patelin que tout le monde a oublié et qui aujourd'hui a disparu, englouti dans des Zac Zip et centres commerciaux. J'aime Paris.

— Une belle ville, en effet.

— Vous faites quoi ?

— Je cherche.

— Voilà une bonne chose.

— Et vous ?

— Je suis dans l'édition. Je cherche moi aussi, d'une certaine façon, de nouveaux auteurs. Enfin, ce sont plutôt eux qui me cherchent.

Je souris et je vide ma bière.

— Je vous en offre une autre ? Parce que je crois que cette jeune femme n'a encore aucune connexion avec son bébé.

— Volontiers.

Nous buvons notre bière et j'écoute le parcours de cette femme entrée comme simple lectrice qui se retrouve à la tête d'un service et d'une ligne éditoriale.

— J'adore mon métier et je ne me vois pas faire autre chose.

— Je n'envisage pas de métier, c'est étrange, non ?

— Non, vous faites partie des personnes qui sont et non qui font. Vous n'avez pas besoin de répondre à une fonction, vous sentez et vous êtes.

Je laisse les mots traverser mon esprit jusqu'à les sentir glisser à l'intérieur de mon corps. Je ressens un friselis comme lorsque le vent ride légèrement la surface de l'eau. Hortense a raison et dit ce que Laura m'a dit. Être dans le ressenti.

L'arrivée du train en gare est annoncée et nous regagnons le compartiment. La mère et son bébé criard se trouvent dans le sas. Je m'arrête et je regarde l'enfant et la mère. Elle est très jeune, et le bébé, très rouge.

— Vous devriez le porter sur le ventre.

Comme elle semble ne pas comprendre et ne plus en pouvoir, je l'invite à me laisser prendre le bébé. Je pose le bébé sur le ventre le long de mon avant-bras et je le berce doucement de haut en bas, enclenchant un massage naturel du ventre tendu de l'enfant. Le bébé se calme et s'endort. Je rends le bébé à sa mère qui le glisse dans la même position sur son bras. Elle me remercie d'un mot et d'un regard, comme si j'étais une magicienne.

Assises chacune d'un côté de la travée, Hortense me sourit.

— Voilà, vous êtes. Vous sentez et vous agissez.

Les voyageurs empilés dans la travée sortent lentement tandis qu'Hortense et moi, nous prenons le temps de descendre.

— Taxi ?

— Non, je marche, je n'habite pas très loin.

Hortense sort une carte de visite.

— Si un jour vous voulez boire un verre ou autre.

— Merci, Hortense.

— Merci à vous, jolie Cylia.

Je rentre lentement chez moi dans le soir descendant. Je m'arrête en chemin pour manger quelque chose et boire quelques bières. Je repense aux mots d'Hortense à propos de faire les choses en dehors de soi. C'est ainsi que je viens de passer les dix dernières années et je sens que je suis au bord d'une nouvelle vie sans savoir encore laquelle. La bière modère mon excitation et me permet de descendre en moi pour ressentir. Un sourire monte sur mes lèvres. Je sens de la joie comme je n'en ai plus ressenti depuis dix ans. Je sens les verrous sauter à l'intérieur. Le processus est en marche.

Lorsque je regagne mon appartement, je me sens chez moi. Un sentiment pas ressenti depuis très longtemps. Je fais couler un bain et je pense à June et Rascal. Je me glisse dans l'eau avec un whisky et je me détends. J'entends mon téléphone sonner, mais je reste dans l'eau chaude.

Lorsque j'entends frapper à la porte, l'eau du bain est presque froide et je passe un peignoir. Je trouve Ariel sur le palier.

— Tu ne répondais pas.

— J'étais dans le bain.

Il pose un baiser rapide sur mes lèvres tandis que je ferme la porte.

— Je voulais te voir. Tu vas bien ?

— Oui très bien et toi ?

— Je dois te dire quelque chose.

À son ton, je sens que c'est important.

— Tu n'aimes pas être prise en photo, mais je suis photographe.

— Oui, et ?

Il pose une tablette sur le comptoir du coin cuisine et lance un diaporama. Je me vois dans la rue et dans son lit et dans mon lit. Je me reconnais à peine, parce que je trouve les photos superbes tout en sachant que c'est moi.

— D'accord, et donc tu fais des photos de moi à mon insu.

— C'est un point de vue. L'autre est que j'ai un contrat pour une expo et un livre avec toi.

— Pardon ?

Ariel fait la grimace.

— Mais qui ? Quoi ? Comment ?

— Un enchaînement de coïncidences.

— Tu es en train de me demander de te laisser faire plus de photos de moi pour ton travail ?

— Oui, entre autres.

— Entre autres ?

Je passe un pull et je sors la bouteille de whisky.

— J'aime tes talents de photographe, mais moi en photo ?

— Je t'ai vue au quotidien, et tu es celle que j'attendais de rencontrer.

— Pour une série de nus.

— Aussi pour ça, mais pas que. Tu es beaucoup plus que ça, mais si tu ne veux pas, j'oublie le projet.

Je regarde Ariel en pensant que si les hommes ont pu m'exploiter, aucun ne m'a mis au centre de son système. J'avale une gorgée de whisky et je fais glisser les photos lentement.

— Celle-ci, c'est après la première nuit que nous avons passée ensemble ?

— Oui, j'ai pas réfléchi. Tu es tout ce que j'ai pu imaginer en photo, et oui, je t'ai suivie. Je me suis arrêté au bout de ta rue, je ne voulais pas que tu me voies.

— Tu es très fort et très discret.

Je sens Ariel toujours suspendu à ma réaction.

— Maintenant que je sais, je ne suis pas sûre que tu puisses encore me capter dans cet abandon.

— Je sens quelque chose de très particulier avec toi et je crois que tu le sens aussi.

— Oui, c'est vrai. Je pourrais associer des textes avec ces photos.

— Tu ferais ça ?

— Je me reconnais à peine et je crois que cela me permettrait de me trouver enfin. Les mots, c'est comme pour toi la photo, je me sens plus à l'aise. En fait, j'ai juste besoin d'écrire pour moi, cela n'a pas besoin d'être publié. Tu me donnes l'occasion de me découvrir, c'est mieux que dix ans de thérapie.

— Alors je peux continuer ? Tu ne m'en veux pas ?

Je souris et j'embrasse Ariel longuement. Très longuement. Un baiser qui vaut pour un oui.

Nous passons beaucoup plus de temps ensemble et la frontière entre travail et plaisir est très mince. Et je n'ai aucune appréhension d'aucune sorte. Je suis confiante dans le travail d'Ariel et lorsque je me trouve seule, j'écris. Au début, ça part dans tous les sens, et peu à peu, je vois émerger le fil et je le suis. Un jour où je mets de l'ordre dans mon sac, je trouve la carte de visite d'Hortense rencontrée dans le train. Je pourrais lui demander de regarder si ce que j'écris peut avoir de l'intérêt pour d'autres personnes en dehors de moi.

Un matin, j'envoie un message à Hortense et elle me répond très vite. Je lui envoie un fichier et quelques jours plus tard, nous nous voyons dans un bar en fin de journée.

— Merci d'être venue jusqu'à moi. Je dois dîner dans un restaurant pas loin.

— Merci à vous de me voir si vite.

— C'est très intéressé. Vous écrivez depuis longtemps ?

_ J'écris depuis longtemps, mais pour moi.

_ Eh bien, votre ton est ce que nous cherchons.

_ Vraiment ?

_ Oui, ma belle, et je vous encourage à terminer cette histoire.

_ C'est incroyable.

Un garçon vient prendre la commande. Nous sommes sur la place Colette et je me perds dans les boules de verre du sculpteur Othoniel comme autant de bulles semées sur un chemin imaginaire.

— Vous pensez que c'est publiable ?

— Tout à fait, et j'espère que vous publierez chez nous.

— Je n'envisage pas d'autre possibilité. Et vous allez bien ? Vous avez quelque chose de différent depuis notre rencontre.

— J'ai perdu du poids. J'ai perdu un ami très cher et ça m'a coupé l'appétit. Triste, mais efficace pour lutter contre le stockage de graisse.

— Je suis navrée.

— Il buvait trop, fumait trop, mangeait trop, et un jour, dans la rue, après un bon repas, il est tombé raide mort. Je le connaissais depuis mes débuts dans le métier. À croire que j'entre dans la zone où je vais connaître plus de morts que de vivants.

— Une belle mort pour un bon vivant.

— Oui, un bon vivant, c'est tout à fait ça. Un véritable hédoniste de la vie. Il me manque. Donc ce soir, un autre ami m'invite au restaurant pour être sûr que je mange.

Je souris.

— C'est bon d'avoir des amis.

— Parlez-moi un peu de vous.

Je garde le silence le temps de boire une gorgée de bière.

— J'ai des amis. J'ai passé les dix dernières années à travailler comme saisonnière ici et là.

— Pourquoi ?

— Pour fuir. J'ai perdu mes parents dans un accident il y a dix ans et j'ai fui. Oui, je ne trouve pas d'autre mot. Je me suis fuie. J'ai fui la vie d'avec mes parents. Une course pour oublier. Pour fuir la douleur.

— Mais cela ne marche pas.

— Pas du tout. J'ai commencé à en avoir marre et depuis, je fais des rencontres comme la vôtre. Du genre incroyable, mais bienfaisant.

— C'est ce qu'il se passe lorsque vous êtes sur la bonne voie.

Nous trinquons, moi avec une bière et elle avec un whisky.

— Je dois vous laisser. Envoyez-moi le texte lorsqu'il est fini et nous nous verrons.

— Merci, Hortense. Bonne soirée.

Une fois seule, je commande une autre bière et je profite de cette douce soirée.

Je rentre chez moi, je me plonge dans un bain et ensuite, je dors d'une traite jusqu'au lever du jour. À partir de là, je me lève tous les matins avant l'aube et j'écris.

11

Je pars rejoindre Marie dans les Pyrénées pour écrire la partie française du projet et Ariel nous rejoint pour les photos. Il a avancé la construction du site et tout se met en place avec une évidence légère. La montagne est belle avec peu de neige là encore pour la saison. Nous mangeons des produits locaux et nous travaillons le soir autour d'une cheminée ouverte au centre de la pièce à trier les résultats de la journée. Le travail de la laine est différent et les personnes aussi. Aux Hébrides, les Écossais ont toujours vécu ainsi depuis des générations, tandis qu'ici, il s'agit davantage d'un retour aux sources pour des citadins fatigués de la ville. Nous quittons Marie et nous rentrons en train sur Paris. Au passage de Bordeaux, une vague idée d'une autre vie ici me traverse l'esprit sans aucun regret et déjà, nous sommes arrivés. Je sais que la capitale sera mon point d'ancrage pour les prochaines années, simplement pour le plaisir que ces rues et ces lumières me procurent.

Je suis assise sur mon coussin de méditation et la pluie ruisselle sur le toit, donnant un fond sonore parfait pour laisser glisser les pensées. Il fait encore nuit et j'ai seulement bu un grand verre d'eau. Je suis assise et je ne pense à rien lorsque je ressens sur mon cou et le bas de mon dos comme des plaques de métal. Un collier autour de mon cou froid et gênant et une plaque dans le bas de mon dos. Je pense que cela vient de ma position assise en lotus depuis un moment. Pourtant, cette sensation s'accompagne d'images et d'odeurs de sel de bois et d'urine très désagréables et je vois des esclaves enchaînés dans la cale d'un navire. J'ouvre brusquement les yeux sur le jour naissant avec un sentiment d'oppression. Je déplie mes jambes et je ne sais comment le bracelet en corail que je porte toujours se casse et les bouts de corail tombent sur le plancher. Une émotion étrange entre tristesse et joie envahit ma poitrine.

Je prépare un thé et je me mets à l'écriture. Cependant, je n'arrive pas à entrer dans le texte. À huit heures, j'appelle Laura.

— Pourrions-nous nous voir ?

— Je suis dans le bar de notre première rencontre.

— J'arrive.

J'enfile mon pantalon et un pull à la va-vite et je file.

Laura est assise un peu à l'écart et je demande un café double en longeant le comptoir. Le sourire de Laura me va droit au cœur.

— J'ai rêvé de vous, cette nuit.

— Vraiment ? Je viens d'avoir un je ne sais quoi lors de ma méditation.

— Vous étiez esclave dans un bateau ?

Je la regarde, interloquée. Le serveur dépose la tasse de café devant moi.

— Exactement, comment… ?

— Vous avez entendu parler des vies antérieures ?

— Oui.

— Vous ne portez pas le bracelet ?

— Non, il s'est cassé.

— Vous êtes sur le chemin et vous progressez. Ce bracelet, rappel de vos parents, est aussi symbole des chaînes que vous avez eu à porter dans une autre vie. C'est ce que j'ai vu dans mon rêve.

Je me laisse aller contre le dossier de ma chaise.

— Wow !

— Oui, lorsque cela se produit, c'est puissant.

— Et je fais quoi ?

— Vous avancez. Vous intégrez. Vous grandissez.

J'ai l'image d'un lac avec des ronds dans l'eau et c'est ce que je sens à l'intérieur de moi. Des cercles qui grandissent.

— Et j'ai beaucoup de vies antérieures ?

— Certainement. La plupart des individus vivent sans en avoir conscience, mais nous en avons tous. À ce jour, j'en ai répertorié trois pour moi.

— Ah oui, tout de même.

— C'est assez commun, d'une certaine façon, mais dites-vous que lorsque vous prenez conscience d'une vie antérieure, c'est que vous avancez sur votre chemin de vie. Elles se révèlent pour vous permettre de grandir dans votre vie présente.

— Je vois. Je progresse donc, c'est bien. Mais cette idée de vies antérieures est à contre sens de la physique quantique ?

Laura a un sourire malicieux.

— Tout à fait. Il est plus simple de penser le temps en mode linéaire, mais il n'en est rien. Tout est là.

— Nos vies sont plus comme un millefeuille, finalement.

— C'est une bonne image en effet. Aujourd'hui, ce que vous avez senti est certainement un signal fort pour vous permettre de vous libérer d'une expérience dans votre vie qui vous pose en enchaînée et pas libre d'être qui vous êtes.

— Merci, je sais au moins que je ne deviens pas folle.

— Pas folle du tout, simplement clairvoyante. Et casser le bracelet peut apparaître comme une métaphore ou comme un geste de votre autre dans une autre vie. Vous vous libérez et vous vivez dans l'ici et maintenant.

Je bois mon café presque froid, mon esprit jonglant entre l'idée que j'étais noire et enchaînée et qu'aujourd'hui, je m'inquiète dans mon confort bourgeois de blanche.

— Comment avez-vous su pour vous ?

— La première fois, de façon violente. J'accompagnais un groupe en visite à Auschwitz, et là, au beau milieu de la visite, je me suis vue tondue et couverte des piqures de puces et très amaigrie, faisant la queue pour entrer dans les douches. J'ai lu le numéro tatoué sur mon bras et je me suis évanouie.

— Pourquoi étiez-vous là-bas ?

— J'étais prof d'allemand à cette époque. J'accompagnais mes élèves. Souvent, les personnes parlant de leurs soi-disant vies antérieures sont toujours dans la peau d'aristos ou de riches princes avec des vies de rêve. Nos incarnations ne sont pas toujours glamours.

— Ce que j'ai senti ce matin n'était pas glamour du tout.

Laura pose sa main sur mon bras.

— Vous êtes une très belle personne, Cylia, et vous avez une belle vie devant vous.

Nous commandons un autre café et Laura me raconte comment elle s'est intéressée à la psychogénéalogie et comment elle a repris une librairie et finalement versé dans l'ésotérisme. Les parcours linéaires sont sans intérêts.

Je rentre chez moi après un tour dans le jardin du Luxembourg. Je repense à ce film avec cette scène incroyable dans *Interstellar* qui vaut des heures de cours de maths ou de physique. Matthew McConaughey pousse des livres dans la bibliothèque pour communiquer avec sa fille. Une fois revenue dans l'appartement, je range les morceaux de corail dans une boîte et je me remets à l'écriture et la nuit est là sans que je m'en rende compte.

J'appelle Ariel, mais il ne répond pas. J'enfile mes boots et je décide de marcher et de manger là où je me trouverai lorsque je serai fatiguée. L'absence de bracelet à mon poignet est étrange, et en même temps, je me sens plus légère. Je marche dans les rues dans la nuit. Il doit être un peu plus de vingt heures. Les boutiques sont fermées. Je marche à grands pas, emportée par mes pieds.

Lorsque je passe devant ce restaurant israélien dont j'ai entendu parler, je ralentis et j'entre. J'aperçois au fond de la salle Robert. Robert est un ami de lycée. J'ai parfois écrit pour son magazine en ligne sur des restaurants, ce genre de choses. Il lève la main et me fait signe de venir. Je rejoins une table de trois mecs qui mangent trop et qui boivent trop. Des bons vivants.

— Je vous présente Cylia, une collaboratrice du webzine. Cylia, voici Tonio pour l'Espagne et Marcelo pour l'Italie.

— Messieurs, enchantée.

— Tu écris toujours ?

— Oui, je participe à un livre sur le tweed et je suis aussi sur un autre projet plus personnel.

— Alors, portons un toast aux mots, à la vie et à l'amour.

Je souris en pensant qu'ils doivent boire depuis un moment.

Le serveur m'apporte un verre de vin et une assiette de poulpes, et je sais que je suis au bon endroit. Ces trois journalistes gastronomes sont loin d'être ennuyeux et je me laisse porter par leurs souvenirs de dégustations. Ce que je mange tutoie les anges et je suis aux anges. Lorsque je rentre chez moi, j'ai la puissance d'un brise-glace et je passe la nuit à écrire.

Je vis en ermite urbain, sortant peu et écrivant beaucoup. Finalement, un matin, je mets un point final à l'histoire. Enfin, c'est ce que je crois, et je sors prendre l'air.

Il a plu toute la nuit et le ciel est en train de se dégager de lourds nuages de crème fouettée. Je vais vers Montmartre pour le point de vue. Envie de prendre de la hauteur. Je ne regarde pas le Sacré-Cœur, je lui trouve toujours des airs de meringue prétentieuse, mais Paris est pas mal aussi quand on voit ses toits. Les touristes et les selfies m'indiffèrent, mais je bats tout de même en retraite à l'arrivée de deux groupes supplémentaires de touristes et je cherche un endroit pour me poser. Je marche un moment dans les rues calmes et je trouve un bar. Il fait beau et, malgré l'air presque froid, je m'installe en terrasse. Je commande un double café et un jambon-moutarde. Je trouve que la moutarde se marie mieux avec le jambon et le pain. Deux jeunes femmes, probablement japonaises, viennent s'asseoir à côté de moi et me saluent d'un léger signe de tête souriant. Elles portent toutes les deux une coupe courte que je vois souvent sur les réseaux sociaux japonais. Leurs vêtements ont des lignes simples et de belles matières aux tons rose poudré et gris bleuté très élégants. Et lorsqu'elles se mettent à converser entre elles, je me souviens de mes maigres efforts pour apprendre leur langue. Je m'étais lancée dans ce projet quelques mois avant la mort de mes parents, et ensuite, tout avait été différent. J'avais oublié mes envies de voyage dans l'archipel nippon.

Je me laisse porter par le rythme de leurs voix discrètes. Je mords dans le sandwich avec appétit. Le pain est d'excellente qualité, tout comme le jambon. Ces dernières semaines, j'ai souvent oublié de manger. J'ai à peine vu Ariel, tout entier occupé par le livre et l'exposition, plus ses engagements professionnels. Manger me fait du bien et je commande une pinte de bière lorsque le garçon dépose les thés à la table des voyageuses. Le soleil chauffe la peau de mon visage et je profite tout à la joie d'être dans l'un des lieux historiques de

Paris visité par des millions de touristes tandis que je l'ai à portée de main tous les jours. J'ai enfin cette sensation d'être au bon endroit au bon moment. Je vis un moment simple et parfait.

Je sens le regard des Japonaises tandis que je savoure ma bière. Je ne sais pas si les femmes boivent ainsi en public au Japon. J'ai entendu dire que la vie des femmes est difficile dans la société japonaise et que lorsqu'une femme n'est pas mariée à trente ans, l'opprobre s'abat sur elle.

Je me prépare à partir lorsque j'entends un « pardon » timide. Je me tourne vers leur table.

— Passage Verdeau, c'est loin ?

Son français hésitant est bien supérieur à mon japonais.

— Environ trente minutes. Je vais par là, voulez-vous que je vous guide ?

Les deux femmes hochent la tête pour me remercier avec un franc sourire.

Nous marchons d'un pas tranquille et souvent, je les fais se retourner pour capter des bouts de la meringue entre les rues ou simplement pour regarder la vitrine d'une boutique.

— Vous allez jusqu'à la Seine par les passages ?

— On peut ?

— Oui, on en quitte un pour en trouver un autre jusqu'au Palais Royal.

— Oh !

— J'ai du temps, si vous voulez, je vous guide.

Elles hochent la tête et je les laisse à leur découverte. J'adore les passages et je partage mes quelques connaissances sur leur création et leur modernité pour l'époque. Il m'arrivait de les faire deux ou trois fois dans une journée pour le simple plaisir de cette sensation d'être hors du temps. J'y ai passé des heures après la mort de mes parents. Je m'y sentais à l'abri du monde.

Les deux jeunes femmes sont charmantes avec ces airs timides particuliers aux Japonaises, mais à mon avis, il ne faut pas s'y laisser prendre.

Je les laisse passage Choiseul, dans le quartier japonais de Paris. Elles me saluent plusieurs fois pour me remercier et je réponds d'un « dozo » en faisant de même.

Lorsque je m'engage sur le pont des Arts, la lumière du soleil couchant est superbe, et même si mon téléphone offre des limites évidentes, je prends quelques clichés. Je le range dans ma poche lorsque j'aperçois un photographe et une ravissante femme. Je me fige, parce que le photographe, c'est Ariel, et il rejoint la jeune femme pour l'embrasser longuement. Soudain, le pont est désert et je ne vois qu'Ariel et cette superbe fille.

Après Jonas, voilà qu'Ariel me joue la même scène. Là encore, je n'ai jamais parlé de sentiments ni d'exclusivité. Je réalise alors que j'aime passer du temps avec Ariel et que j'ai même passé beaucoup de temps avec lui au regard de mes autres amants, mais de là à parler d'amour, j'en suis très loin.

Je suis toujours là, immobile sur le pont des Arts, et la lumière dorée miroite sur l'eau et Ariel passe un bras autour de la taille de la fille et se tourne vers moi. Il marque un temps d'arrêt et je plante mon regard dans le sien. Il passe la fille riant contre lui et il ne dit rien. Il passe tout simplement sans un geste, sans rien. J'en ai le souffle court et les jambes flageolantes. Je me sens utilisée. Pas trompée, mais comme un objet dont il avait besoin et qu'il jette après usage. Je sens comme un déclic en moi. Je ne suis pas en colère après lui, mais après moi. Pourquoi je génère ce genre de relations ?

D'un pas rageur, je franchis la Seine et j'entre dans le premier pub sur ma route. Je commande une pinte de bière brune et j'appelle Mila. Si je ne dis pas tout haut ce que j'ai dans la tête, je risque d'exploser.

— Tu peux me rejoindre au pub ?

Je crois qu'à mon ton, elle sait que c'est important, et elle lance un « j'arrive ».

Lorsque Mila entre dans le pub animé, je viens de commander une deuxième pinte.

— Tu le crois, toi ? Je suis le modèle qu'il attendait depuis toujours, il fait une expo et un livre avec moi comme unique sujet et il se trouve un autre objet de désir à photographier. Ciao, bye bye et même pas un mot.

— C'est pas classe, mais c'est assez commun. Il pense à son nombril et sa queue lui sert à créer, c'est tout. Tu n'y es pour rien. Tu n'as rien fait de mal, c'est juste que certaines personnes fonctionnent ainsi. Je pense que je fonctionne ainsi. Seule ma création existe et quand une personne peut m'aider à la réaliser, je m'en sers et c'est tout.

— Je savais qu'avec tes pieds sur terre, tu me remettrais les idées en place. Merci, Mila. Mais je me sens tellement fatiguée de ces rapports humains qui débouchent uniquement sur des tromperies. Pourquoi les personnes ne sont pas capables de franchise entre elles ?

— Si elles l'étaient, nous aurions moins de guerres à gérer. Tu vas faire quoi ?

— J'ai écrit une histoire. Je devais participer à l'expo d'Ariel, mais là, l'ange va se brosser tout seul. L'autre livre sur le tweed est en phase finale, mais là encore, personne n'a besoin de moi, alors je crois que je vais prendre des vacances.

— Voilà qui est bien parlé, mais pas avant mon expo.

— D'accord. Je vois ton expo et je file. Merci encore d'être venue à mon secours et d'avoir trouvé les mots.

— Tu n'es pas amoureuse de ce type. Ton ego est un peu froissé, mais tu n'es pas du genre à t'en faire pour si peu. Vis pour toi. Tu es ton centre du monde. Tu n'as besoin de personne. Tu es forte, alors occupe-toi de toi.

J'ai un pincement à l'intérieur de la poitrine et les larmes au bord des yeux. Ces mots me font du bien. Entendre une personne vous réconforter, c'est souvent le rôle des parents, même si parfois, même eux ne savent pas s'y prendre. Mes parents savaient, et aujourd'hui, j'ai Mila qui me rappelle que je compte plus que tout.

Lorsque je quitte mon amie, nous nous étreignons longuement.

— Je t'envoie l'invitation.

— Merci. Et merci d'avoir écouté la plainte d'une ridicule bourge sans réel problème. À très bientôt.

— Ne sois pas si dure avec toi et souviens-toi que si la vie te donne une claque, c'est pour te dévoiler une meilleure voie.

Je m'installe à nouveau devant mon écran et j'écris. L'histoire prend une nouvelle tournure et, au rythme de mes doigts sur le clavier, les mots me libèrent de l'intérieur. Comme une thérapie, j'écris et je me guéris. J'utilise mes expériences pour en faire mon matériau d'écriture. Je transforme et je transmute. Mila a raison. Une claque permet d'ouvrir une autre voie.

Après avoir passé des heures à relire et corriger mon histoire, je l'envoie à Hortense et je sors marcher.

Quatre mois après mon souhait de changer de vie, je trouve le chemin parcouru intéressant. Nous avons presque finalisé le livre sur le tweed, j'ai écrit une histoire et j'ai servi de modèle pour un photographe. Si je ne suis pas vraiment riche de deniers, je le suis d'expériences.

12

Le lendemain, je suis dans le train pour Lyon. Impossible de rester à tourner en rond dans Paris en attendant l'exposition de Mila. J'écoute la playlist rebelle avec des morceaux qui me donneraient la puissance physique de casser la gueule à n'importe qui, même si c'est plutôt moi que j'ai envie de baffer.

Combien d'expériences faut-il faire pour ne plus se laisser embarquer ? Mais d'ailleurs, qui embarque l'autre ? Après tout, je cherche juste un mec sachant baiser, alors forcément, c'est ce que je trouve. Sauf qu'avec le temps, je trouve cela nettement moins attirant et je finis par ne pas me sentir respectée. Et ce nouveau sentiment ne me convient pas du tout. Oui, cela revient encore à ma place dans ce fichu monde et ce que je suis et ce que je dois y faire. Pathétique !

Angus m'accueille à bras ouverts. J'aime passer du temps dans son atelier à le regarder tailler les tissus et coudre de sublimes costumes. J'aime voir faire. J'aime voir la création en action. Le comment faire m'intéresse souvent plus que le résultat, même si en l'occurrence, le résultat est bluffant. Lorsqu'Angus sort une robe d'un portant, je reconnais le tweed que je lui ai rapporté.

— Oh, mon dieu, elle est magnifique.

— Merci, mais passe-la d'abord.

J'ai choisi un tweed couleur de lande écossaise. Mélange de couleurs bruyères et tourbes. Un décolleté en V profond, parce qu'Angus sait que je les affectionne, une taille à peine marquée et posée très basse sur les hanches et de l'ampleur dans la jupe pour le mouvement. Elle me va comme un gant et je fonds en larmes dans les bras d'Angus de me sentir à ce point bénie des dieux d'avoir de tels amis.

— Allez, voilà que tu vas me faire pleurer aussi. Tu es splendide. Je te sors avec mon gilet assorti. Partons chasser !

Je souris en me mouchant.

Nous marchons dans les rues de Lyon et je sens une pesanteur de province qui n'existe pas à Paris. Paris est loin d'être parfaite, mais l'énergie de la ville est palpable. Lyon ressemble à une belle endormie.

Nous nous installons dans un bar.

— Et ton ange n'a même pas appelé ?

— Même pas.

— Et tu vas faire quoi ?

— Prendre le temps. Pas mal de choses se produisent en moi en ce moment, et cette répétition dans mes aventures sexuelles me donne à réfléchir.

— J'ai toujours admiré ta capacité à prendre et à jeter les mecs.

— Rien à admirer, je t'assure. Une facilité physique est le meilleur moyen pour rester planquée.

— Planquée ?

— Oui, tu sais bien, c'est en pleine lumière que se trouve la meilleure cachette. Depuis dix ans, je fuis ma vie. Le sexe n'est qu'un défouloir. Pas une relation durable dans tout ça. Tout juste deux ou trois rencontres intéressantes, et encore, je n'en regrette aucune. La liste en jette peut-être, mais rien de très vibrant à vivre.

— Oui, je vois. Tu te sens vide à l'intérieur.

— Je n'irais pas jusque-là. Je crois plutôt qu'à essayer de fuir un drame, je me suis perdue en chemin et j'ai oublié combien je suis la seule personne importante de ma vie parce que je suis la seule à pouvoir vivre ma vie.

— Petit scarabée, tu grandis, je suis ravi. Une autre pinte ?

— Oh oui, j'ai besoin d'oublier et d'effacer. L'alcool est un chemin rapide.

— Oui, et comme tu n'es pas une personne gouvernée par la dépendance, tu contrôles aussi.

— Parle-moi d'Anton.

— Ce type a une énergie incroyable. Il est en train de terminer un cycle en histoire de l'art tout en bossant six soirs par semaine au restaurant. Il est disponible et tendre. Je croyais ne jamais pouvoir goûter à cette félicité.

— Je suis heureuse pour toi. Mes deux meilleurs amis connaissent des relations harmonieuses. C'est encourageant.

— Oui, c'est possible ! Oh, mon dieu, je n'aurais jamais pensé pouvoir dire une chose pareille un jour.

— Arrête de parler comme un vieux schnock, tu as trente ans.

— Trente et un.

— Oui, d'accord. Tu es jeune.

— Nous avons la vie devant nous.

Le lendemain matin, je trouve un message d'Anne, mon amie mariée et enceinte. Elle n'est plus enceinte, elle vient d'avoir les jumelles et me demande d'être la marraine de l'une d'elles. Alors je prends ma voiture et je file vers Annecy où elle habite maintenant. Marraine, je ne suis pas sûre d'en avoir les compétences, mais voir mon amie me procure un grand plaisir.

La maison au-dessus du lac s'ouvre sur les montagnes, l'air et l'eau. L'endroit respire la sérénité. Je regarde les deux crevettes dans leur couffin et je suis submergée d'émotions.

— Tu te rends compte qu'elles sont sorties de toi ?

Mon amie rigole tendrement.

— Oui, ça, je t'assure que je m'en suis rendu compte. La péridurale n'a pas fonctionné, alors oui, je sais.

— Elles sont merveilleuses, et toi, tu es une héroïne. Jamais je ne pourrais faire une chose pareille. Je salue ton courage.

Violette s'étire en bâillant sans ouvrir les yeux tandis qu'Harper ne bouge pas avec un sourire d'ange sur les lèvres.

— Merci d'être venue.

— Pour tout te dire, j'ai besoin de me changer les idées, et plonger dans une vie de famille, c'est idéal. Et merci de me choisir comme marraine.

— C'est toi qui m'as soufflé le prénom d'Harper, alors c'est la moindre des choses.

Andrew, le mari d'Anne, travaille en Suisse et voyage souvent. La maman d'Anne vient s'installer dans leur maison pour les premières semaines un peu sportives avec les jumelles. Vanka est une mère nourricière. Je me souviens des goûters chez elle lorsque nous sortions de l'école. Anne et moi allions au même cours de danse. C'était ma première amie, et Vanka confectionnait des brioches aériennes et des kouglofs de rêve. Son arrière-grand-père était venu se réfugier en France après la révolution russe et elle a gardé son âme slave.

Nous passons des heures rythmées par les tétées et les changements de couches. J'ai offert un livre sur le massage des bébés en Inde, alors, après le bain, chacune installée par terre avec une fille sur nos jambes allongées, nous les massons longuement de la tête aux pieds, et ensuite, elles dorment comme des anges. Vanka est chargée de la cuisine et des promenades en poussette, tandis que nous allons faire les courses.

— Je ne rentre dans aucun de mes vêtements, Cyl.

— C'est normal, tu as servi de container pendant presque neuf mois à deux anges. Avec l'énergie que tes crevettes requièrent, tu vas vite retrouver la ligne.

— Oui, mais j'ai besoin de vêtements.

— Choisis des matières extensibles, tu seras à l'aise pour crapahuter, et le temps que ton corps retrouve son poids, tu seras confortable.

— Comment tu sais tout ça ?

— J'ai fait du babysitting à une époque. Je me souviens des conseils des mamans.

Après avoir fait plusieurs boutiques et trouvé des tuniques au joli décolleté et des leggings, nous faisons un stop dans un salon de thé.

— Cela te donne envie de pouponner ?

— Honnêtement ? Pas du tout. Je suis heureuse pour toi et Andrew, mais vraiment, je ne me vois pas en maman.

— Un jour, tu rencontreras un homme qui te fera changer d'avis, peut-être ?

_ Peut-être. Pour l'heure, je me centre sur moi et c'est déjà du boulot.

Anne sourit et aspire une longue gorgée de milkshake vanille avec gourmandise.

13

L'exposition de Mila est un succès et ses œuvres se vendent très bien lors de l'inauguration. Elle mérite ce succès. Je la regarde avec ses cheveux bruns et cette densité dans le corps unique. Elle est sa propre matière. Elle puise en elle et transcende ce qu'elle est et l'exprime à travers des médiums évoluant avec le temps. Un travail sans superficialité ou faux semblant.

Hortense appelle le lendemain du vernissage. La tête embrumée, je réponds.

— Tu es prête à signer avec nous ?

— Sérieusement ? Le livre a plu ?

— À l'unanimité.

— Oui, bien sûr, je suis ravie.

— Tu peux passer au bureau, disons à onze heures demain ?

— Parfaitement.

— À demain, alors, la Belle.

— À demain, Hortense.

Je m'étire et je pousse un long mugissement de plaisir. Je regarde le haut de la tour Eiffel sur fond gris et je dis et répète à voix haute : « *I did it.* » Écrire était un rêve d'adolescente, et comme pour l'apprentissage du japonais, j'avais oublié, et voilà que j'allais avoir un livre édité. Je n'arrête pas de sourire en pensant à tous les membres de ma famille. Aucun n'a été dans le discours « écrire, c'est bien, mais cela ne fait pas vivre ». J'ai écrit pour me trouver. Le chemin est encore long, mais je suis sur la voie, c'est tout ce qui importe pour moi, aujourd'hui.

Plus tard, je sors acheter des mochis. Une envie de douceur et j'aime bien ce gâteau japonais. Je prends un thé sur place et une boule fourrée au matcha avant d'emporter une boîte d'assortiment pour l'offrir à Hortense demain.

Le bureau d'Hortense est plein de livres et de plantes vertes. Une jungle littéraire. Elle sourit à la vue des mochis.

— Merci infiniment, je trouve ces petites choses charmantes.

J'en suis ravie et elle m'invite à m'asseoir.

— La partie qui suit est indispensable, mais vraiment pas celle que préfèrent les auteurs. La correction des épreuves. Découpage, mise en page, etc.

— D'accord. Et la promotion est obligatoire ?

— Eh bien, disons que cela permet de donner une plus grande visibilité.

— Oui, pour de grands livres, mais j'ai juste écrit une petite histoire de filles.

— C'est comme ça que tu le vois ? Alors, je vais te dire ce que l'équipe et moi, nous avons vu. Une histoire de filles qui permet de leur rappeler d'utiliser leur cervelle. Tu parles de sentiments, mais tu n'es pas là pour vendre du conte de fées moderne où la fin est toujours la même. Je suppose que tu utilises ton expérience et tu transmets à travers une histoire de filles des repères pour arrêter de tourner en rond sans tomber dans le combat de tranchées. Ton livre devrait devenir un guide de survie en milieu urbain hostile.

— Merci.

— Ne me remercie pas. Je suis heureuse de t'avoir croisée dans ce train.

— Et moi donc.

Je lis le contrat attentivement comme me l'a appris André et je signe et ensuite, Hortense m'invite dans une brasserie à deux pas.

Assises à une table carrée sur banquettes en velours rouge, Hortense, derrière ses lunettes de vue à monture jaune aujourd'hui, me jauge.

— Qu'est-ce qui te gêne dans la promo ?

— Je ne suis pas à l'aise quand il s'agit de parler de moi et je ne sais pas me vendre.

— Tu pourrais te révéler excellente à l'exercice. Tu es, tu te souviens ? Je suis sûre que tu t'en sortirais très bien. De toute façon, nous n'en sommes pas encore là. Nous voulons que ton livre soit en librairie pour le mois de juin. Il est dans la tendance et les vacances génèrent des ventes. Ensuite, eh bien, ensuite, nous verrons.

Rentrant lentement chez moi, je réalise que je n'ai envie de parler du livre à personne. Cette nouvelle est pour moi seulement, enfin, jusqu'à la publication, et cette nouvelle me fait du bien. Ce livre m'apaise intérieurement comme un baume capable d'effacer les blessures. Comme un doudou consolateur.

En passant devant une supérette, je me souviens que je dois faire des courses. Cela me prend du temps, parce que je ne suis absolument pas concentrée sur le choix des aliments. Mon esprit bondit d'une idée à une autre et finalement, je ressors avec tout juste de quoi faire un repas et quelques bouteilles. Je ne pense plus à Jonas ou Ariel qui ont fourni la matière de mon histoire. Je ne pense à rien de précis sauf d'être dans l'attente de la suite du travail et de la sortie du livre.

Je trouve dans la boîte aux lettres une enveloppe carrée. Une invitation, certainement. Elle a été déposée directement. Pas de timbre. Pour une fois, je prends l'ascenseur avec mes sacs de courses et je l'ouvre en progressant dans les étages. J'éclate de rire et mon rire résonne dans la cage d'escalier. Une invitation d'Ariel pour son exposition photo avec un mot de sa part : « J'aimerais vraiment te voir et pouvoir m'expliquer. » Ben voyons !

Je déchire l'invitation et je la fais brûler dans l'évier. Acte magique pour me libérer des « je manque pas d'air ». Ensuite, je sors la dernière bière du frigo, et après une douche, je m'installe dans le bain. Je pense à Rascal en me disant que je devrais lui faire part de l'évolution de ma situation. Je pense au Japon à cause de la baignoire et à tout ce que j'aime du Japon. Et je me laisse glisser vers un rêve de voyage au pays du Soleil Levant.

L'eau est froide et la nuit est là lorsque je sors du bain.

Les semaines suivantes, je me lance dans ce travail fastidieux, d'abord seule, puis avec l'une des chargées de publication. Je découvre le monde de l'imprimerie et je touche la maquette de mon futur livre. Je suis aussi émue que devant Harper, ma filleule. Je dois choisir entre plusieurs propositions pour la couverture et vient la demande de faire des photos pour le dossier de presse. Le photographe est rompu à l'exercice et il me met à l'aise. Aujourd'hui, il est facile de faire et refaire jusqu'à obtenir le résultat souhaité en photo. Finalement, je lâche prise et les clichés sont dans la boîte. Je me regarde dans le miroir en me disant qu'il serait temps d'aller voir un coiffeur.

Le livre doit sortir en juin. Le livre d'Ariel se vend bien, à ce qu'il a écrit. Il a laissé un exemplaire à Tania.

Je passe plusieurs jours sans sortir pour tenter de caler l'aiguille de ma boussole interne pour savoir quoi faire maintenant. Et comme souvent, j'appelle Mila. Elle ne répond pas et je laisse un message. Le lendemain, elle répond par un message disant qu'elle est aux Philippines. Des vacances bien méritées. Finalement, je décide d'attendre la sortie du livre chez Angus, avec peut-être un passage chez Rascal. Le retour aux sources est une valeur sûre pour se trouver et faire le point.

Lorsque Marie m'appelle pour la sortie du livre sur le tweed, je réalise que j'ai complètement oublié cet épisode. Je l'héberge et je reste à Paris encore un peu.

Une soirée est prévue avec la presse et quelques libraires.

— Tu crois que je devrais aller chez le coiffeur ?

— J'aime bien ta coupe avec tes mèches dans tous les sens, c'est tout toi.

— Oui, tu as raison. Dans tous les sens, c'est moi.

— Ne t'en fais pas pour Ariel. Il est invité, évidemment, mais…

— Je ne m'en fais pas pour Ariel. Ma vie va très bien sans lui.

Le soir de la présentation arrive et je porte la robe en tweed dessinée par Angus et mes boots avec mon plus joli sourire. Parlote et autres bla-bla, le livre trône sur un pupitre et il reflète parfaitement ce que j'ai vu lors de notre séjour. Mes mots pour la première fois dans un livre. Je n'ai toujours parlé de rien à propos de mon roman.

Lorsqu'Ariel arrive et vient droit sur moi, je fais comme lui sur le pont des Arts : je passe à côté de lui sans le voir. Un attaché culturel anglais m'aborde et nous parlons tweed et Écosse tout en buvant des coupes de champagne et ensuite, je me glisse dehors discrètement et je rentre chez moi.

J'ouvre une bouteille de champagne et j'appelle Angus. Je réserve mon billet de train et je prépare mon sac lorsque Marie revient.

— Nous t'attendons au restaurant.

— Je ne viens pas.

— Mais pourquoi ? Tu fais partie de l'équipe.

— Oui, mais mon job est terminé.

— Ariel serait…

— S'il te plaît, Marie, ne me parle pas de ce qui ferait plaisir à Ariel. Il s'est servi de moi et il n'a plus besoin de moi. Je prends le train demain, alors lorsque tu seras prête à partir, laisse la clé à Tania.

— Mais…

— Passe une bonne soirée. C'est ton bébé, ils t'attendent.

Je la pousse dehors et je continue de rassembler mes affaires. Ensuite, je vide la bouteille de champagne et je me couche. Je dors d'une traite. Je n'entends même pas Marie rentrer. Sans doute parce qu'elle n'est pas rentrée.

Je file vers la gare et en route pour Lyon. Le printemps à Paris est une saison très agréable, mais la nature hors Paris offre une autre dimension.

Je reste à Lyon juste le temps d'embrasser Angus et de récupérer ma voiture et je file vers le Mont-Dore. Rouler dans la Mini Austin de ma mère, c'est un peu être avec elle. Elle avait des adresses un peu partout pour le fromage, la viande ou les légumes. Un jour, elle m'a emmenée manger des oursins à Carry-le-Rouet. C'était une belle journée de février et sur un coup de tête, elle avait mis cap au sud. Elle était à la fois fantasque et très organisée. Une combinaison détonnante qui ravissait mon père et m'ouvrait à tous les possibles.

Je m'arrête au col avant d'arriver au Mont-Dore et je respire à pleins poumons en écartant les bras pour embrasser le ciel et le paysage. Les pieds sur terre et la tête dans les étoiles. Voilà le programme du séjour.

Rascal m'accueille avec chaleur, et le soir, June nous rejoint.

— Tu es différente.

— Eh bien, depuis mon dernier passage, il s'est passé pas mal de choses.

— Raconte !

Alors, je parle de Jonas et d'Ariel et des livres et...

— Tu vas sortir un livre de toi ? Intégralement sans collaboration ?

— Oui, moi toute seule.

— Mais c'est magnifique. Je savais que j'avais raison d'avoir du champagne au frais.

— Vous êtes les premiers à qui j'en parle.

— Tu n'en parles pas ?

— Non, c'est juste une petite histoire.

— Il n'y a pas de petites histoires, et si elle est publiée, alors c'est ton histoire.

— Oui, c'est sans doute pourquoi je n'en parle toujours pas.

— C'est génial ! Félicitations !

Rascal se lève et revient avec le champagne et trois verres supplémentaires.

— À toi, Cyl, et à ta vie d'écrivain.

Ma gorge se serre et je lève mon verre. Voir la joie dans les yeux de mon ami me fait plaisir et la chaleureuse amitié de June également.

Je passe mes journées à marcher et à manger et parfois à recevoir un massage de June.

— June, que penses-tu de ces répétitions de choisir des hommes qui profitent de moi ?

— Je pense que c'est parce que tu leur en offres la possibilité. La relation de couple t'effraie et tu choisis les plans dont tu es sûre qu'ils ne fonctionneront pas. Tu t'es oubliée longtemps et tu ne tiens plus ta place. Tu laisses faire, comme avec la fuite, tu penses être protégée. Je vois une forme d'autosabotage.

— Tu as sans doute raison, j'attire ce que je suis.

— En quelque sorte. D'un autre côté, le couple n'est pas une finalité ni même une obligation.

— C'est vrai que cette notion m'indiffère et pas seulement à cause du couple de mes parents.

— Si tu en as assez de ces relations qui prennent sans donner, c'est déjà un grand pas. Tu as tout le temps, et si tu veux mon avis, tu avances bien. Tu as compris l'importance d'être respectée et avant tout de te respecter.

— Merci, June. Ta relation avec Rascal me fait chaud au cœur. Savoir que des histoires respectueuses existent sans « je prends sans donner ».

Anne me rappelle le baptême de ma filleule. J'ai aussi oublié ce nouveau rôle. Alors, je quitte les monts d'Auvergne pour ceux de la Savoie le temps d'un week-end. Voilà des années que je n'ai pas mis les pieds dans une église. J'y accompagnais ma grand-mère. Mes parents étaient athées, ce que je suis également, mais je respecte les croyances et les traditions des autres. Nous sommes presque tous habillés en blanc et la réception qui suit sur l'herbe au bord du lac est réussie. L'occasion de revoir des amis communs et d'éluder les questions. C'est un art que je maîtrise depuis dix ans. Chaque personne n'ayant comme repère que le « que fais-tu dans la vie ? » me fait toujours sourire. Répondre à une question par une question, c'est mon ami Serge d'origine juive qui m'a appris cette technique. Et cela marche. Chaque personne tient seulement à parler d'elle-même et seulement d'elle-même. L'autre sert seulement à se rassurer sur sa merveilleuse existence.

Le temps file et je ne me demande plus quoi faire. Comme dirait Hortense, je suis. Je vis des dividendes des placements faits par mon parrain à qui j'envoie des messages et des photos. J'ai demandé à Hortense de lui envoyer une invitation pour la sortie du livre.

Lorsque je rentre à Paris, j'ai le moral gonflé à l'oxygène et à la nourriture saine. J'ai réussi à convaincre Angus de venir à Paris pour la soirée de lancement, il me rejoindra.

Ce soir-là, j'entre dans le salon de réception au bras d'Angus et je sens sa fierté. Hortense m'accueille et je fais les présentations, et ensuite, une flûte de champagne à la main, je suis alpaguée. Sourire beaucoup et parler en mesurant mes mots. Lorsqu'André arrive et qu'il me serre dans ses bras, je dois faire de gros efforts pour ne pas fondre en larmes. Il m'a offert mon premier stylo plume en argent, je l'ai encore au fond de ma boîte aux trésors. Hortense n'est jamais loin et elle me sort des griffes quand il est temps. J'ai invité Mila, mais elle est toujours dans les îles. Robert est présent et je le présente à Hortense. Elle aime les bons vivants et le courant passe comme il passe avec André. Difficile de ne pas aimer Hortense avec sa prodigalité. Je bois trop et je mange de minuscules canapés en me demandant comment ils ont pu être réalisés. Et comment autant de saveurs tiennent dans une si petite bouchée. Angus me rejoint et il sait d'un regard que j'ai trop bu. Nous quittons la réception et nous marchons dans les rues.

— Paris, mon dieu, mais pourquoi je ne viens pas plus souvent ?

— C'est une bonne question. Moi, je crois que je vais rester là un moment. Même si je n'en suis pas sûre.

— Marchons, tu as trop bu, mais quelle soirée ! J'ai hâte de lire ton livre.

— Ne t'attends pas à un chef-d'œuvre.

— Je ne m'attends à rien, je veux juste le lire.

14

L'odeur du café me réveille. Angus est sorti acheter des brioches.

— Quel plaisir de marcher dans Paris comme si j'y vivais.

— Merci pour le petit-déjeuner.

— Comment te sens-tu ?

— Tu veux dire à part les brumes d'alcool qui ont remplacé mon cerveau ?

— Oui.

— J'ai un fil dans la tête. Je voudrais écrire une histoire au Japon. Je voudrais découvrir ce pays.

— Beau projet.

— Je dois faire des signatures dans deux librairies et ensuite laisser vivre le livre.

— Tu te demandais quelle tournure prendrait ta vie, je trouve que tu as trouvé un nouveau chemin pas mal du tout.

— J'aime écrire, si tu savais. Je sors du temps. Je sors de mon corps. Je suis ici par le bout de mes doigts sur le clavier et totalement ailleurs.

— Oui, c'est tout à fait toi. Je suis heureux pour toi.

— Je t'emmène faire du shopping. Je dois trouver des tenues pour l'été.

— Avec plaisir, Darling !

Nous nous posons pour déjeuner dans le Marais autour de la place des Vosges. J'ai seulement trouvé une paire de sandales. Je privilégie l'achat coup de cœur et, comme avec les hommes, cela ne se produit pas tous les jours.

— Tu as raison de vivre ici, Cyl, cette ville vibre et tu es au diapason avec elle.

— Oui, j'aime cette ville, plus que Lyon en tous les cas.

— C'est pas difficile.

Je bois une gorgée de bière en regardant les passants. Mélange de touristes et de locaux. Angus est à l'affût. La soirée d'hier semble lui avoir donné des ailes, ou bien est-ce seulement l'effet Paris.

Des heures plus tard, nous rentrons avec nos achats. Une robe pour moi et un pantalon et une chemise pour Angus. Nous prenons une bière le temps de récupérer et nous allons dîner dans une brasserie avec mon ami Robert.

— Ton éditrice, Hortense, est une femme succulente.

— Succulente ?

Angus et moi nous échangeons un clin d'œil.

— Oui, une femme pleine d'esprit et de goût.

— Oui, Hortense est une belle personne.

— Je vous invite après-demain à une dégustation de whisky japonais.

Angus fait la grimace.

— Cela aurait été avec plaisir, mais le devoir m'appelle, je serai rentré à Lyon.

— Si je passe faire une dégustation là-bas, je te ferai signe.

— Avec plaisir.

Deux jours plus tard, je rejoins Robert devant la Maison du Whisky et nous grimpons à l'étage où a lieu la dégustation. Il s'agit en fait d'une dégustation croisée entre whisky écossais et japonais. Nous passons deux heures de plaisir parlant anglais et trois mots de japonais et je prends enfin une résolution. Je vais apprendre le japonais avant de partir en voyage dans l'archipel nippon. Ce sera ma carotte, et comme je veux voir le Japon hors des circuits touristiques, pratiquer la langue est indispensable.

Je deviens une touriste dans ma ville pour découvrir les lieux japonais dans Paris et il y en existe beaucoup. J'installe des leçons de japonais dans mon téléphone et, chaque fois que je pars marcher, j'écoute encore et encore les mots tout en les prononçant à voix haute, ce qui doit me donner une drôle d'allure, mais peu importe. Je m'entraîne à tracer les idéogrammes et, le soir, je regarde des films en japonais. À traîner dans les restaurants et les salons de thé japonais, j'arrive à pratiquer un peu, et enfin, je rencontre un étudiant. Senzo fait une école de langues, justement. Alors, nous faisons un échange de bons procédés. Je l'aide en français et lui m'aide dans sa langue. Nous parlons beaucoup du Japon et de sa diversité.

— Si tu pars en hiver, va au sud, à Kyūshu. L'été préfère le Nord. Sauf si tu aimes les températures extrêmes.

— Et Kyoto ?

— L'ancienne capitale est un joyau. C'est bien d'y aller, mais en évitant la foule ; selon certaines saisons, c'est plus facile. Mais des temples au Japon, il y en a partout. La nature est un temple pour nous, alors à chaque coin de rue, de route ou de forêt, tu en trouveras.

— Tu viens d'où ?

— D'une petite ville, Numata, dans la préfecture de Gunma, c'est au nord-ouest de Tokyo. C'est une région d'agriculture et, bien sûr, un volcan pas loin.

Je souris.

Le soir, je me plonge dans la géographie du Japon via le Net. Quel outil prodigieux, parfois. Je vais aussi me promener dans le jardin zen d'Albert Kahn. Et je profite du Paris vidé des Parisiens.

Je passe un été studieux, et plutôt que de traîner dans les bars, je préfère rester chez moi à regarder des films en japonais ou à travailler. Je me tiens loin de tout plan drague. Pour le moment, aucun homme dans ma vie. C'est une première, mais après les deux dernières expériences, je dois comprendre ce qu'il se passe en moi avant d'être prête à faire une nouvelle rencontre.

Un ami que je n'ai pas vu depuis presque deux ans m'appelle un soir pour boire un verre. Je retrouve Pierre, un copain de lycée, le long du canal Saint-Martin. Il a fait l'école Boulle ; un autre ami artiste. Il se lève tout sourire en me voyant arriver.

— Tu es superbe.

— Toi aussi. Alors, tu es sur Paris ?

— Seulement le temps de voir ma famille, je me suis installé à Montpellier.

Nous buvons une gorgée de bière.

— Et je vais être papa.

— Non ? Qui ? Je la connais ?

— Non, elle est de Montpellier. Inès, tu l'aimerais, je crois.

— Le tout, c'est qu'elle te plaise à toi. Et donc, tu vas faire le grand saut.

— Oui, ça en prend le chemin et je me sens serein.

— Tant mieux. Eh bien, au futur papa !

Nous trinquons quand un type s'arrête devant notre table. Sa tête me dit quelque chose, mais je ne sais pas où, qui ou quand.

— Salut, on s'est vus à une fête il y a quelques mois. Tu étais avec Jonas.

— Ah oui, pardon, mais j'ai oublié ton nom.

— Saul. Alors, vous allez avoir un enfant ?

Je rigole.

— Lui oui, pas moi. Pierre est un ami.

— Ah ! Je peux m'asseoir avec vous ?

Du regard, j'interroge Pierre qui hoche la tête pour dire oui.

— Je ne t'ai plus croisée depuis cette fête.

— Paris n'est pas si petit, sans doute.

Saul est un mec grand et sûr de lui en façade. De beaux yeux bleus et le crâne légèrement dégarni. Un beau mec que j'avais remarqué lors de cette fête, entouré d'une grappe de filles. Ce soir-là, j'étais accompagnée de toute façon, et je me dis que c'est encore un mec à filles : chaque soir une nouvelle, et plusieurs histoires en même temps. Pour un plan cul, ça peut être intéressant.

Tandis que mon esprit vagabonde, les deux garçons parlent paternité. Pierre passait son temps à dessiner en cours. Son coup de crayon était impressionnant. Il ne choisissait pas ses conquêtes sur le physique, mais sur leur culture ou leurs centres d'intérêt, cela nous avait fait un point commun et nous étions devenus amis.

— Et toi, Cyl, tu fais quoi ? Toujours dans le droit ?

— Non, j'ai laissé tomber depuis longtemps. Je fais dans l'écriture. Je viens de sortir deux livres, un en collaboration et un roman.

— Pas mal. Je peux les trouver ?

— Oui, mais un parle du tweed et l'autre est une histoire de filles.

— Ça m'intéresse. Tu donnes peut-être un décodeur pour vous comprendre ?

— Peut-être. Et un livre de photos dont je suis le sujet est sorti, aussi.

— Tu ne perds pas de temps.

— Un enchaînement de rencontres, en effet.

— Quel genre de photos ?

— Genre nu.

Saul me regarde, très intéressé.

— Tu fais ça ?

— Un truc en appelle un autre, c'est tout.

— Je vais chercher à voir tous ces livres avant de rentrer chez moi.

Nous commandons une autre tournée et Pierre s'éloigne pour prendre un appel. Saul sourit du coin des lèvres.

— Quand tu dis nu, c'est genre ?

— Genre nu intimiste. Si tu cherches de gros plans pornos, y en a pas. C'est plutôt une évocation.

— J'aimerais voir ça.

— Tu as peut-être fait le vernissage ? C'était dans le Marais en avril. Le type s'appelle Ariel…

— Ariel ? C'est toi qui poses dans le livre d'Ariel ?

— Tu connais, donc.

— Ah la vache !

— Oui, je ne suis pas reconnaissable et nettement mieux sur ses photos. C'est un bon photographe.

— Je ne disais pas ça comme ça. C'est juste que j'ai adoré l'expo et, en effet, tu es différente, mais encore plus intéressante.

— Ah bon ? Parce que je suis intéressante ?

Nous échangeons un sourire amusé et Pierre revient.

— Pardon. Obligé de répondre. Bon, donc tu sais tout, et si tu passes par Montpellier, tu es la bienvenue, Cyl.

— Merci.

— Je dois filer. La famille n'attend pas.

— D'accord, prends soin de toi et à bientôt.

Pierre s'en va et je vide ma bière lentement.

— Je t'en offre une autre ?

— D'accord. La soirée est agréable, ce serait dommage de ne pas en profiter. Tu connais Jonas et Ariel, donc ?

— Oui, je sors beaucoup, alors forcément.

— Tu travailles dans quoi ?

— Un peu de tout. J'organise des évènements. Je fais l'acteur et je crée des plateformes informatiques pour les professionnels. Un peu ce qui se présente.

Il porte des boots en daim et un jean blanc avec une ample chemise en chambray. La tenue parfaite pour une journée d'été.

— Tu étais très accompagné lors de cette soirée. Tu as toujours autant de filles aux bras ?

Il se marre.

— Des copines.

— Quoi, tu veux dire que tu ne couches pas avec ?

— Pas souvent.

— OK, tu la joues seul sans personne, c'est une méthode de drague.

— Non, je n'ai pas si souvent de fille dans mon lit, je ne sais pas pourquoi. Et toi ?

— No comment.

— Sujet douloureux ?

— Sujet en cours d'exploration.

Je bois une gorgée de bière.

— D'accord, et sinon, tu as un plan pour ce soir ?

— Tu veux dire un plan cul ?

Il fait une moue adorable et drôle avec sa bouche pulpeuse surmontée d'un regard malicieux.

— Cul ou juste un plan ?

— Tu en as un et tu ne veux pas y aller tout seul ?

— Tu lis en moi comme dans un livre ouvert.

— J'irais pas jusque-là. Je lis ce que tu veux bien montrer. C'est quoi ton plan ?

— L'inauguration d'un restau.

— Et tes copines t'ont lâché ?

— Elles sont en vacances hors Paris.

— Pas toi ? C'est étonnant, non ?

— Non, je suis parti et je suis revenu.

Je me marre. Le type aussi opaque qu'une mare. Plan cul peut-être et je passe.

Après une autre bière, nous nous dirigeons vers le 9ᵉ arrondissement et il s'arrête devant une boucherie. Il pousse la porte de l'immeuble et nous grimpons au premier étage. La musique est genre reggae et la salle tout en bois délavé est pleine de monde. Sur les tables, des verres et des bouteilles, des tapas et des boulettes de viande et de légumes. L'ambiance est joyeuse et tous saluent les nouveaux arrivants. Un type aussi grand que Saul lui donne l'accolade.

— Sympa que tu sois là.

Le type s'incline vers moi.

— Voici Cyl. Cyl, voici Sylvain.

— Enchanté, Cyl. Buvez et mangez, je vais chercher d'autres plats en cuisine.

Saul me tend un verre de vin rouge et nous trinquons.

Deux heures durant, je parle avec de nouvelles têtes et d'autres que je connais vaguement de vue. À une époque, je courais les vernissages et les inaugurations de tous les nouveaux lieux parisiens. Certains de ceux que je croisais sont toujours là.

Les différentes préparations sont délicieuses et Saul est souvent très proche de moi. Je porte une robe portefeuille en soie grège et des sandales. Tenue simple et décolletée mettant en valeur ma poitrine menue. Je surprends le regard de Saul perdu dans l'échancrure.

— Tu aimes ce que tu vois ?

Saul sourit.

— Je faisais un collage avec mes souvenirs des photos.

Je souris et je remplis mon verre avant d'avaler une boulette de viande. Lorsque les frites arrivent, tout le monde applaudit parce qu'elles sont parfaites. En dessert, les boules de glace ou de sorbet disparaissent avant d'avoir pu fondre.

Peu à peu, les convives s'en vont et Sylvain nous rejoint.

— Voilà, une chose de faite. Alors ?

— Très fort, mais cela ne m'étonne pas.

— Merci, Bro.

— Oui, tout est délicieux et l'ambiance de cette salle est très agréable. Claire et chaleureuse sans ressembler à tout ce que l'on voit.

— Revenez quand vous voulez.

Une fille s'approche de Sylvain et il repart vers la cuisine.

Nous prenons un dernier verre.

— Là, je crois que j'ai suffisamment bu.

— J'habite pas loin, si tu veux éviter de rentrer après avoir trop bu.

— Une proposition à passer la nuit chez toi ?

— Pas une obligation.

— Je reviens.

Je passe aux toilettes pour me rafraîchir les idées. Le mec me plaît. Je pars dans quelques semaines et j'ai toujours aimé les plans cul qui ne demandent ni ne promettent rien.

Lorsque je reviens tout sourire, Saul discute avec Sylvain.

— On y va ?

— Je suis prête.

Nous remercions encore notre hôte et nous sortons dans l'air un peu plus frais de la nuit. Nous marchons sans rien dire et, quelques rues plus loin, Saul ouvre une large porte bleue. Nous traversons la cour avant de grimper deux étages. La porte de l'appartement s'ouvre sur un salon avec peu de meubles et beaucoup de bazar. Livres et revues partout sur le sol. Linge et vêtements en tas sur la moindre surface.

— Tu bois quoi ?

— De l'eau.

Il passe dans le coin cuisine et revient avec une bouteille d'eau et une de bière. Il dégage le canapé d'un ordinateur et de livres et m'invite à m'asseoir. Je remarque le livre d'Ariel sur le haut d'une pile de livres par terre.

— En plus, tu as le livre.

— J'ai aimé l'expo et le modèle. Jonas était là aussi, ce soir-là. Et toi, pourquoi tu n'es pas venue ?

— Sans commentaire.

J'enlève mes sandales et je ramène mes jambes sous moi. Je regarde Saul en souriant tout en buvant de longues gorgées d'eau pour diluer l'alcool.

— Si tu veux, tu peux dormir sur le canapé.

— Tu n'as pas envie de moi dans ton lit ?

— Je ne veux pas que tu te sentes obligée.

— D'accord. Tu as un drap ?

— Oui, je vais te chercher ça.

Il traverse le salon vers ce qui doit être une autre chambre et une salle de bains. Il revient avec un grand drap bleu en lin.

— Parfait.

— Je n'ai pas de coussin.

— Je n'en ai pas besoin.

— Bon, eh bien, bonne nuit.

— À toi aussi.

Il disparaît à l'autre bout du salon.

J'installe mon lit et j'enlève ma robe. Je me glisse sous le drap. Les fenêtres sont croisées et un léger souffle d'air traverse la pièce. Si je dors sur le canapé, c'est uniquement par jeu. Il fait celui qui n'a pas envie, je fais pareil. De toute façon, il a encore plus bu que moi. Alcool et sexe forment rarement une bonne combinaison.

Je respire profondément en écoutant les bruits de la ville, plus rares à cette heure tardive, et je m'endors.

Aux premières lueurs du jour, je passe aux toilettes. Tandis que je reviens en zigzaguant entre les amas non identifiables sur le sol, j'entends la voix de Saul.

— Tu veux bien m'apporter une bouteille d'eau ?

Je prends la bouteille à côté du canapé et je pousse la porte de la chambre. Un simple matelas posé sur le sol entouré d'une mer de livres. Je m'agenouille pour lui tendre la bouteille.

— Merci. Tu veux encore dormir ?

— Non.

— Je t'invite dans mon lit ?

Je souris et je me glisse contre lui, son corps contre mon dos. Nos peaux tressaillent et, glissant sa bouche sur ma nuque et une main sur mon ventre pour assentiment, il me pénètre d'une seule poussée. Je ferme la bouche pour contenir un cri de plaisir et, à partir de là, je perds la notion de temps et d'espace. Je comprends pourquoi ce type est aussi entouré de filles, il sait définitivement ce qu'il fait avec son sexe. Quand je monte dans les décibels, il me bâillonne d'une main et je me souviens que les fenêtres donnent sur la cour et qu'elles sont ouvertes.

Les semaines d'abstinence décuplent mon plaisir, sans doute, et son savoir-faire déclenche des orgasmes en cascade. Finalement, le sexe, c'est vraiment le pied.

— Je t'offre un café dehors, j'ai plus rien ici.
— D'accord.

Je finis de me sécher après une douche fraîche et je passe ma robe. Il a troqué sa chemise en chambray pour une chemise liberty.

Nous remontons la rue et nous nous installons à la terrasse d'un café. Je commande un double café.

— Alors, la confrontation du modèle à la réalité ? Pas trop dur ?

Saul sourit et passe un doigt sur mon bras.

— Tu es très très bien dans les deux versions.
— Merci.

Nous buvons notre café, j'ai le regard qui semble fixé sur la place et le va-et-vient des passants et des voitures, mais je ne vois rien, en fait.

— Bon, je dois filer. On s'appelle !
— Bien sûr !

Et Saul disparaît sur ses longues jambes.

Je me mets en route pour rentrer chez moi, mais j'ai la tête tellement loin du monde réel que je me trompe de direction à deux reprises et je me trouve à devoir franchir la Seine bien trop haut par rapport à mon appartement. Je finis par m'asseoir en terrasse et je commande un café frappé et une glace au yaourt. Le froid, en plus de me rafraîchir, devrait calmer mon esprit qui cavalcade au souvenir de cette nuit. Je me souviens m'être demandé un instant s'il était le seul homme dans le lit.

Ce qui est vraiment bien dans le sexe, c'est quand la nouvelle fois est meilleure que la dernière fois. Et là, c'était vraiment supérieur. Je dois afficher un sourire béat, car je capte le regard d'une dame aux cheveux blonds artificiels et bien coiffés me souriant derrière son verre de jus de fruits.

Lorsque j'arrive enfin chez moi, je sors mes cahiers d'écriture et je passe des heures à tracer et mémoriser des idéogrammes. La concentration pour contenir les sensations. Ne pas s'emballer, surtout avec ce genre de types.

Soudain, une sombre idée me traverse l'esprit. Et si ces trois-là qui se connaissent avaient lancé un défi à Saul ? Genre vas-y, c'est une fille facile et crédule. L'idée est sombre et pas si irréaliste. Les mecs sont capables de ce genre de manigances. Je relève la tête pour constater que la soirée s'annonce. J'ouvre une bière et je prends un bain. L'eau est mon réconfort et ma bulle de respiration. Un jour, j'aurai une maison avec un couloir de nage et un tub au bout. J'en viens à me dire que je poserai la question à Saul si je le revois. Même s'il y a peu de chance qu'il réponde franchement ou même que je le revoie. D'ailleurs, je ne lui ai laissé aucun numéro et lui non plus. Affaire classée.

Les signatures se sont révélées des moments plus agréables que je ne le craignais. Peu de dédicaces, mais le livre s'est bien vendu, ces jours-là. Là aussi, je me mets en vacances et je ne pense pas à l'écriture, si ce n'est pour mes leçons de japonais.

Je réalise combien les dernières semaines ont été denses et combien ma vie a changé du tout au tout. Là aussi, je ressens le besoin d'intégrer tous ces nouveaux éléments.

15

Je reçois un appel d'Hortense en fin de matinée. Nous sommes le 2 septembre et déjà la lumière change. L'air est plus doré et la température plus fraîche le matin.

— Tu veux bien venir me voir ?

— Bien sûr, quand ?

— Déjeunons ensemble, je t'envoie l'adresse. À treize heures.

— Parfait, à tout à l'heure.

Je prépare un café et je prends une douche. Je préfère ne faire aucune supposition sur le pourquoi du rendez-vous. Je passe une robe et des sandales et je marche jusqu'au restaurant. Je règle ma respiration sur mes pas et je retrouve le tohu-bohu de la rue. Les Parisiens sont rentrés.

Hortense est déjà installée et je la rejoins dans cette brasserie classique du genre. Je sais qu'elle affectionne ces endroits vifs et sans chichis.

— J'ai commandé une douzaine d'huîtres pour commencer. Je n'ai rien avalé depuis hier soir et c'était une soupe médiocre.

Je souris et je bois le verre d'eau qu'elle vient de me servir. Beaucoup d'hommes costumes-cravates de qualité entretiennent le brouhaha. Garantie de confidentialité.

— D'accord, je ne te fais pas attendre plus longtemps. Ton livre cartonne.

— Non !

— Oui, ma Belle. Et j'ai reçu des demandes pour les droits américains. Ton héroïne, en plus d'être moderne et déterminée, incarne l'image de la Parisienne libérée. Bref, tu es pile dans la tendance.

Le garçon dépose une pinte de bière devant moi. Hortense me connaît bien. Je bois une longue gorgée et je souris.

— C'est dingue et j'adore !

Alors, tout en partageant des huîtres et ensuite un steak au poivre, Hortense raconte plus en détail les ventes papier et numérique et les droits pour garder le contrôle de mon histoire.

— Et tu as une autre histoire en vue ?

— J'ai bossé le japonais tout l'été, je suis presque prête à partir.

— Magnifique. Si je peux me permettre, ce serait bien que tu gardes le même personnage féminin. Harper vient de reprendre sa vie en main et elle est à Paris et puis…

— Harper part au Japon. Oui, je peux garder ce personnage-là. Je l'aime bien.

Nous échangeons un clin d'œil complice.

Tandis que nous marchons vers la maison d'édition, un couple de Japonais, un plan à la main, semble perdu, et les Parisiens, toujours pressés, passent sans les voir. Voilà une occasion de tester mon niveau de langue. Je leur demande s'ils ont besoin d'aide et, m'expliquant qu'ils veulent aller au musée Gustave Moreau, je les remets dans la bonne direction en indiquant les trois rues à suivre pour y arriver. Nous échangeons des politesses et je retrouve Hortense, le regard amusé.

— Tu as vraiment appris à parler japonais.

— Oui, enfin, les phrases usuelles.

— Vraiment, je ne regrette pas de te connaître.

— Moi non plus.

En traversant le jardin des Tuileries, je pense à l'époque de sa création et au marivaudage en vogue. Le jeu de la séduction m'amuse cinq minutes, mais je suis du genre droit au but. Je n'ai jamais rêvé, imaginé ou pensé au mariage. Ces scènes du cinéma américain où l'héroïne parle de sa robe et de son mariage comme le plus beau moment de sa vie, je n'en ai jamais eu envie. Au mieux, rencontrer un homme qui m'aime et que j'aime et faire un bout de route ensemble. Là, c'est mon maximum. Je pense que le mariage est une affaire de société et aujourd'hui, un prêt à signer pour croire à de l'amour alors que le mariage n'est rien d'autre qu'un contrat social. Quant à la robe meringue, à part faire marcher les boutiques de robes de mariée, je n'en vois pas l'intérêt.

Donc, sortie de ces considérations, je ne vois pas pourquoi je me trouve souvent dans la position de la fille qui se fait prendre pour une bille. Peut-être parce que je prends les hommes pour des billes ? Peut-être. Parce que je donne sans exigence ? Parce que je me mets au diapason de l'autre ?

Mais si je ne veux pas de relation suivie et que je veux seulement du sexe, mon attitude est contradictoire. Forcément, l'autre mec ira voir ailleurs et forcément, je me sentirai dans cette situation de non-respect. Une fois encore, ce n'est pas l'autre qui est en cause, c'est moi et ma déplorable gestion des rapports homme/femme.

Je marche dans les allées du jardin en faisant le tour d'un carré et enchaînant avec un autre et, finalement, je suis devant la passerelle en bois et je traverse la Seine. Le lâcher-prise est certainement la meilleure des attitudes dans la vie en général, et dans le cas des relations sexuelles encore plus. J'ai déjà repéré ce que je ne veux plus accepter, cela devrait aider dans la progression. Reste maintenant à savoir quand je pars au Japon. Le prix du billet fera autorité, puisque les prix varient toujours.

L'air lourd en cette fin d'après-midi annonce un orage. J'achète deux pots de sorbet et du vin blanc en guise de repas. Le caviste a toujours des bouteilles au frais et je me sers un verre avant de m'installer dans un bain pour détendre mes muscles et pour réfléchir. L'effet apaisant de l'eau agit et libère l'esprit. Tout devient plus clair dans un bain.

J'ai changé de vie et j'ai réalisé l'un de mes rêves. J'aime ma vie et j'aime être seule. Tout le reste sera du bonus.

Après le bain, je fais une réservation pour un vol sur Tokyo et un retour par Kyoto. La seule façon d'avancer est de faire le premier pas.

Je reçois un appel tandis que j'ouvre la deuxième bouteille de vin et que la pluie chante sur le toit. Numéro inconnu.

— Oui ?

— Ouais, c'est Saul !

Je souris. Voilà le moment de vérité.

— Comment as-tu eu mon numéro ?

— J'ai demandé à Jonas. Je te dérange ?

— Alors, qui a gagné le pari ?

— Quel pari ?

— Je me disais que vous êtes trois potes et j'ai déjà couché avec deux, donc pourquoi pas un pari pour savoir si tu serais le troisième.

— Je vois, mais tu n'y es pas du tout. J'ai posé beaucoup de questions à Ariel sur son modèle lors du vernissage et il n'a rien lâché, et j'ai croisé Jonas ce matin et je lui ai simplement demandé ton numéro sans me justifier.

— Oh ! Pourquoi pas. Donc pourquoi appelles-tu ?

— Eh bien, tu n'es peut-être pas dans les meilleures dispositions pour me voir ?

— Pour t'accompagner à une inauguration ?

— Oui, entre autres.

— Quand ?

— Demain. Je t'envoie l'adresse ou on peut se retrouver avant ?

— À quelle heure ?

— Dix-neuf heures.

— Envoie l'adresse.

— D'accord. À demain, alors.

Je repose mon téléphone et je remplis mon verre. Je veux bien qu'il soit honnête, mais je sais aussi que tout le monde ment. Et s'il y avait vraiment eu cette sorte de pari, cela changerait quelque chose ? Les relations sexuelles sont un jeu de dupes. Jouer, c'est accepter d'être dupé.

Je me couche proche de l'ivresse et je m'endors rapidement en cessant de faire rebondir dans ma tête des questions inutiles.

Je porte une robe de soie perlée et des talons. Ma garde-robe s'étoffe à rester vivre dans le même lieu. Je referme mon mini sac perlé lui aussi, juste assez grand pour le téléphone et la carte de crédit, en sortant du taxi devant l'hôtel où se situe le bar. Un bar de téquila et de mezcal très couru des Parisiens de la nuit. Saul est adossé contre le mur, son téléphone à la main. Il relève la tête tandis que je m'avance et son sourire est gratifiant. Pari ou pas, je lui fais de l'effet.

— Tu es magnifique !

Mes cheveux sont longs, selon ma conception des coupes de cheveux. Des mèches ondulent le long de mon cou et la main de Saul se glisse dessous pour caresser ma nuque. Une image de notre séance de sexe au petit matin me revient instantanément en mémoire comme un flash et j'ai juste le temps de prendre une grande inspiration pour retenir de me pâmer de plaisir.

— On y va ?

— Oui, mais ils inaugurent quoi au juste ?

— Une nouvelle équipe et une nouvelle carte.

— D'accord.

L'endroit est déjà bondé, le fond sonore agréable, et je vois toujours les mêmes dizaines de bouteilles derrière le bar, mais bon, un lancement pour relancer un lieu. Faire du neuf avec du vieux, c'est le jeu.

Nous restons au bar et nous commandons une Margarita épicée portant un nom trop long à retenir.

— Tu vas bien depuis la dernière fois ?

— Oui, et toi, tu bosses ?

— Oui, toujours, et toi ?

— Aussi.

— Un prochain livre ?

— C'est le projet, oui.

— Harper sera de la partie ?

J'ouvre de grands yeux.

— Tu as cherché mon livre ?

— Oui, et je l'ai lu. L'idée de décodeur de ton pote m'a encore plus poussé à le trouver. Il ne me quitte pas.

Il tapote son téléphone dans sa poche.

— Eh bien, je suis étonnée, agréablement étonnée.

— Moi aussi. C'est mon premier livre du genre et vraiment, chapeau. J'aime beaucoup ton écriture. Les mecs en prennent un peu pour leur grade, mais c'est mérité. Je connais les sujets dont tu t'inspires ?

Je souris.

— Clause de confidentialité. Tu parles de tes ex ?

— Jamais. Même pas à mes potes.

Je lui serre la main.

— J'apprécie.

— Bon, si on laissait tomber les mélanges et qu'on passe à du brutal ?

— Je te suis.

Tandis que Saul fait signe au barman qui semble courir un marathon des verres, je laisse glisser mon regard sur les invités. De jeunes femmes très tendance et des mecs parfois quelconques ou parfois un peu trop barbus.

La porte au bout du bar s'ouvre pour laisser sortir deux personnes et en faire rentrer deux autres, et je découvre Mila accompagnée d'un homme beau à tomber. Ne voyez là aucune forme de racisme, mais je ne suis pas attirée par les peaux noires, mais lui est vraiment surréel.

Mila sourit en me voyant et ils fendent la foule, ou plus exactement, tout le monde s'écarte sur leur passage.

— Ma chérie !

Mila me serre contre elle.

— Tu as enfin décidé de rentrer.

— Oui, j'ai un nouveau projet. Voici Ervin, mon modèle. Je laisse la toile pour la sculpture.

— Je t'adore ! Salut, Ervin. Voici Saul.

Saul tend la main à Ervin. Il fait moins grand et moins beau, comme tous les autres hommes dans la salle en face de cet homme sculptural. Ervin est lumineux et à l'esthétique parfaite.

— Je vais chercher une table. À tout à l'heure.

— Oui.

Là encore, les convives s'écartent pour leur ouvrir le chemin.

— Qui est Mila ?

— Une de mes meilleures amies.

— Et ce type ?

— Une nouvelle recrue. Bluffant, non ?

— Énervant, tu veux dire ?

Je lui souris et je passe mon doigt sur sa lèvre inférieure.

— Détends-toi. D'abord, je ne touche pas aux hommes de mes amies, et ensuite, je n'aime pas les peaux foncées.

— C'est pas juste par rapport à toi, c'est rageant tant de perfection concentrée dans un seul corps.

— Oui, je comprends, je vis ça avec les mannequins en période Fashion Week.

Il me tend un verre de mezcal.

— Ceci dit, en ta compagnie, je me sens très bien accompagné.

— Merci, beau gosse. À l'ivresse, à la nuit et à la créativité.

Nous trinquons.

Lorsqu'il y a un peu moins de monde, certains consommateurs dansent et je retrouve Mila.

— Alors ?

— Qui est ce beau mâle ?

— Saul. Il ment avec élégance.

Mila sourit.

— Et toi ?

— J'ai rencontré Ervin dans un aéroport en transit et j'ai eu la révélation. Changer encore une fois de médium. Il est ma muse.

— Tu as très bon goût, comme toujours.

— Toi aussi.

Saul arrive avec une bouteille de mezcal et nous buvons jusqu'à la fermeture du bar.

Mila file en taxi avec son beau modèle qui n'a pas vraiment ouvert la bouche et nous marchons histoire de chasser les vapeurs d'alcool.

— Tu n'aimes pas les peaux noires, alors ?

— Et toi ?

— Bof, sans plus. Moi, mon truc, c'est les rousses.

— Je vois, alors je suis une erreur de casting.

— Mais non, dans l'idéal seulement. Les rousses sont nettement moins nombreuses, cela réduit encore plus les possibilités.

— Et comme tu as rarement une fille dans ton lit, tu laisses la porte ouverte aux autres.

Saul, de son bras passé autour de mes épaules, me serre contre lui.

— Tu n'es pas un choix par défaut.

— Je vais dire que je te crois.

— Tu penses que tout le monde ment, c'est ça ?

— Oui.

— Et toi, tu mens ?

— Par omission, oui, parfois.

Nous progressons dans la nuit et, une fois chez lui, il ne me propose pas son canapé. Il m'entraîne vers la chambre et glisse sa main sous ma robe.

— Tu veux bien ? J'ai des souvenirs incroyables, mais je voudrais vérifier que je ne rêvais pas.

Je l'embrasse en guise de réponse et la nuit nous appartient.

Au réveil, je constate qu'un peu d'ordre a gagné les pièces. Le sol est un plus dégagé, facilitant les déplacements, et Saul a du café, du jus de pomme et des brioches à la cannelle. Nous sommes installés autour d'une table carrée en bois, assis sur des tabourets en bois également. Au loin passe une sirène et la gorgée de café ramène mes pieds sur terre.

— Alors, tu avais rêvé ?

— Non, ou alors je suis piégé dans le même rêve encore et encore.

— Alors, nous serions deux.

— Vraiment ?

— Oui, passer du temps dans un lit en ta compagnie est franchement réjouissant.

— Pareil.

Je rentre chez moi en prenant le temps de regarder les vitrines des boutiques sans rien acheter, et à la fin, je calcule l'argent économisé. Tous ces achats impulsifs dont on n'a pas besoin et que certains confondent avec le bonheur.

J'achète du pain, du fromage et des légumes. Ensuite, je reprends les leçons de japonais. Senzo est retourné en cours, je le vois moins souvent, mais j'ai de bons supports numériques.

Je marche tous les matins, ensuite j'étudie et je prépare mon voyage.

Saul appelle deux jours avant mon départ. Je le vois dans un bar et je passe la nuit avec lui. Je ne lui parle pas de mon voyage. En fait, je le regarde jouer ce personnage du type cool qui fait beaucoup de choses. Il est intelligent et cultivé, mais il a créé le profil du Parisien à l'aise partout. Certains ont besoin de tenir un rôle plutôt que d'être eux-mêmes, ça les rassure. Un peu comme moi avec la fuite. Chacun développe sa propre stratégie pour affronter ses peurs. Et puis le sexe est tellement haut de gamme avec lui que je serais dingue de m'en priver. Le couple n'est pas pour moi, c'est ma croyance actuelle. Les hommes profitent certainement de moi, alors je profite d'eux. C'est le jeu.

Je n'ai aucune idée de l'heure et je remonte le drap sur mon corps en sueur.

— Tu es absolument étonnant.

— Tu m'inspires.

— Flatteur.

— Non, vraiment. Je me sens étonnamment bien avec toi.

— Tu veux dire que d'habitude, tu fais ton tour de piste et tu t'en vas ?

— Exactement.

— Eh bien, merci, j'apprécie ce traitement de faveur.

— C'est notre troisième rendez-vous.

Je me tourne vers lui en souriant.

— OK, tu me joues une scène d'un film de romance à l'américaine ?

— Non, je me demandais si nous pourrions nous voir un peu plus souvent.

— Tu veux me caser entre ton boulot, tes potes et tes sorties ?

— Tu pourrais faire des sorties avec mes potes, par exemple.

Je me rallonge sur le dos et je fixe un peu trop longtemps le plafond.

— Je ne devais pas aller aussi loin ?

Je me marre doucement.

— Non, je trouve étrange que tu te poses ce genre de questions. Les choses se font ou ne se font pas, je ne suis pas dans la planification.

— Tu as raison. En fait, c'était une façon détournée de te demander si tu étais libre demain soir ?

— Pas demain soir. Mais j'apprécie ta compagnie. Je vais avoir beaucoup de travail les prochaines semaines.

— Alors je vais encore profiter de ta présence dans mon lit, quitte à ne pas dormir.

— Oui, dormir est très surfait.

Saul m'entoure de ses bras musclés et me soulève pour me déposer sur son ventre et notre galop orgasmique reprend.

Salle d'embarquement Roissy-Charles-de-Gaulle. La musique de Daho dans les oreilles, je bois une bière en attendant l'appel de mon vol. J'ai un bagage à main pour toute valise. L'idée est d'être au plus près d'une Japonaise. Par le vêtement, la nourriture et la langue. Senzo m'a donné des adresses d'amis à Tokyo pour guider mes premiers pas. Je me souviens soudain de mon premier jour d'école, comme j'étais excitée à l'idée de découvrir un nouvel univers. Apprendre est le fil conducteur le plus essentiel d'une vie. Lorsque vous n'apprenez plus, vous êtes mort. Je mesure le chemin parcouru depuis ce mois de novembre où j'ai décidé d'arrêter de fuir. Je continue de voyager, mais comme le dit Angus, c'est dans ma nature de vagabonder à travers la vie. J'ai jeté l'ancre en moi et elle me suit partout. Et je m'apprête à m'envoler pour un pays inconnu.

Je n'ai rien dit de mon départ à Saul ni à personne sauf Tania, et avec elle, l'information est verrouillée secret défense. Et Hortense, bien sûr.

Je pars pour me trouver dans un univers tellement différent de ce que je connais. Je cherche une sorte de révélateur, parce que ce n'est pas à toujours faire les mêmes choses que l'on avance. Enfin, moi, je suis comme ça. Et puis aujourd'hui, le contact peut facilement être maintenu où que l'on soit dans le monde.

La voix dans le haut-parleur annonce mon vol et mon téléphone vibre sur le comptoir. Saul. Je laisse passer l'appel et j'éteins mon appareil. Demain est un autre jour.

16

Le taxi me dépose devant mon immeuble parisien. Les passants emmitouflés marchent vite dans la rue, laissant échapper des nuages de buée réfrigérée. Je récupère une valise à roulettes et un sac de voyage dans le coffre de la voiture. Je reviens plus chargée qu'au départ. Tania, le balai à la main, me sourit largement.

— Te voilà enfin !

Et elle me serre chaleureusement dans ses bras.

— Tu as fait un bon voyage ?

— Extraordinaire.

— Je t'ai fait quelques courses, comme tu me l'as demandé.

— Mille mercis. Je vais d'abord dormir quelques jours pour remettre en place mon horloge interne.

— J'ai déposé une lettre apportée en main propre par un beau jeune homme. Je suis là, la Belle.

— Mauruuru, Tania.

L'ascenseur grimpe dans les étages et une fois la porte refermée, je me laisse tomber sur le divan.

Deux mois totalement incroyables. Deux mois de découvertes permanentes. Deux mois à ne quasiment pas parler français. Deux mois à prendre des notes et à écrire une nouvelle histoire. Parfois, je ne sais plus trop qui est Cyl et qui est Harper.

Je laisse mes vêtements par terre, je prends une douche et un bain tout en buvant une bière. Tania est une mère pour moi. Légumes, poisson et fruits. Je peux rester enfermée le temps de me remettre du voyage et de relire tout ce que j'ai écrit. Je veux relire et finir d'écrire le corps et l'esprit encore imprégnés de l'archipel nippon.

L'eau chaude détend mon corps et la bière me nourrit. J'ai reçu beaucoup de messages de Saul au début de mon séjour, et depuis un mois, plus rien. Je ne voulais pas lui dire où je me trouvais, il a dû se lasser.

Hortense trépigne d'impatience. Un soir, alors que je n'arrivais plus à savoir si ce que j'écrivais avait un quelconque intérêt, je lui ai envoyé un premier jet des premiers chapitres ; je n'aurais jamais dû.

Je me laisse couler dans l'eau chaude et je remonte en surface avant de recommencer plusieurs fois. Ensuite, j'hydrate mon corps avec cette délicieuse crème au camélia rapportée de Kyoto et je me glisse dans mon lit. Je soulève mes cheveux pour installer ma tête sur le matelas. Cette fois-ci, mes cheveux sont vraiment longs. Je ne suis pas allée chez le coiffeur au Japon par manque de temps. J'étais avide d'autre chose que de croiser une paire de ciseaux. Je respire profondément et je m'endors.

À mon réveil, il fait nuit. Mon téléphone affiche vingt-deux heures. Je m'étire longuement et je passe un pull. Une autre bière et j'ouvre mes bagages. Je suis partie avec mes affaires de toilette, je reviens avec des tenues diverses et des cadeaux. Éventails yukata et zoris. Un service à saké en bois d'Hinoki pour Rascal et une tenue Samue pour June. De petites poupées en bois pour les filles d'Anne et des chaussettes à cinq doigts en plus du thé et des snacks. J'ai aussi quelques exemples de l'artisanat rencontré en cours de route comme l'indigo et le tressage. Des milliers de photos et des souvenirs pour le reste de mes jours. Si j'attendais beaucoup de ce voyage, je n'ai jamais été déçue. Je suis devenue mon seul repère connu dans un pays où tout est réellement différent, et tout en explorant ce territoire inconnu, j'ai pu découvrir mon territoire intime. Les différences extérieures m'ont permis une prise de conscience accrue de qui je suis vraiment.

Je plonge un morceau de poisson dans un bouillon de miso et je râpe un peu de radis noir. Assise en tailleur sur le divan, le plateau posé à côté de moi, les photos du Japon défilent en diaporama sur l'écran de mon ordinateur.

Tokyo d'abord, ensuite, je suis allée vers le nord avant qu'il ne fasse trop froid, puis jusqu'à l'île de Kyūshū, comme me l'avait conseillé Senzo. Là, j'ai découvert un Japon que je n'imaginais pas. Souvent, le Japon est considéré comme un petit pays très peuplé et on oublie qu'il s'étend sur quatre latitudes. Et j'ai terminé par Kyoto et son atmosphère hors du temps. Une part de moi est encore dans l'ancienne capitale nippone.

Mon téléphone vibre sur le comptoir. Saul. Après un mois de silence, il appelle à presque minuit.

— Oui ?

— Enfin, je t'entends.

— Comment vas-tu ?

— C'est plutôt à moi de te poser la question. Tu n'as quasiment répondu à aucun de mes messages.

— Oui, tu disais que tu voulais me voir et je n'étais pas disponible.

— Et maintenant ?

— Je suis prête à aller me coucher.

— Vraiment ?

— Oui, je suis en phase grotte, un retour aux sources, en quelque sorte.

— J'ai une chance de te voir avant la fin de l'année ?

— Je ne sais pas, quel jour sommes-nous ?

Saul se marre.

— Bon, je te laisse tranquille, appelle quand tu sors de ta grotte.

— D'accord. Merci.

Je repose le téléphone. Est-ce que j'ai avancé sur la question de ma vie sexuelle ? Je ne crois pas. J'ai rencontré un japonais charmant tout au sud de l'archipel à Kushima. Mitsuo. Il rendait visite à ses parents. Il m'a montré les endroits de son enfance. J'ai passé quelques jours très agréables, partageant chacun l'exotisme de l'autre.

J'ouvre le petit congélateur et je trouve de la glace vanille-noix de pécan. Merci, Tania. Je prends une autre bière et je plonge ma cuillère dans le pot. La nourriture française ne m'a pas manqué, j'adore la cuisine japonaise, mais souvent, les desserts sont déroutants. J'ai rapporté une bouteille de whisky et une de saké. Mais je suis trop fatiguée pour les alcools forts. Finalement, je me couche et je me rendors tout de suite.

Au matin, j'ai ouvert cette lettre déposée. Je trouve un chèque et un message d'Ariel m'expliquant qu'il souhaite me verser des droits sur le livre. Je glisse le chèque entre les livres de ma petite bibliothèque en attendant de décider quoi en faire.

Je frappe à la porte de Tania avec les cadeaux rapportés du Japon.

— Mais tu n'avais pas besoin, mais c'est ravissant, merci, merci, la Belle.

— Tout va bien pour toi ?

— Oui, je pars après-demain pour Papeete, je suis aux anges.

— Magnifique !

— Un bel homme est venu te voir, mais je n'ai rien dit, je n'ai même pas confirmé que tu vivais ici.

— Quel genre ?

— Grand, musclé mais pas trop avec de belles bottines et une chemise bleue.

Je souris ; certainement Saul. Il a dû demander à Ariel mon adresse. Jonas n'est jamais venu ici. Je savais que Tania serait à la hauteur de la situation. Depuis la mort de ma famille, elle s'est investie du rôle de gardienne et protectrice.

Je file vers le parc pour marcher un peu avant de me remettre à écrire. La fin de l'année approche et je voudrais pouvoir commencer la nouvelle année avec cette histoire terminée. J'aime écrire, mais ce récit est tellement imprégné en moi que je veux lui donner vie et retrouver ma liberté avant de me dédoubler complètement.

Tandis que je franchis les grilles du jardin pour rentrer à l'appartement, je manque de percuter Saul.

— Que fais-tu si loin de ta base ?

— Un rendez-vous vers Montparnasse, et toi, que fais-tu ici ?

— Je m'aère la tête avant de retourner travailler.

— Tu as le temps de prendre un café ?

— Oui, d'accord.

Et je l'entraîne deux rues plus loin. Nous nous asseyons dehors au soleil.

— Tu as les cheveux drôlement longs.

— Oui, je m'en occuperai lorsque j'aurai fini mon boulot.

— Tu es différente.

— Juste pas vraiment là, plutôt. Je n'ai pas cherché à te tenir à distance, mais je dois vraiment finir ce sur quoi je travaille pour être à nouveau disponible.

— Je comprends. Je ne le prenais pas personnellement, même si j'ai très envie de te voir.

— Et toi ?

— J'ai de nouveaux clients avec de grands comptes, je termine bien l'année.

— Tu pars pour les fêtes ?

— J'avais un plan qui vient de tomber à l'eau. Je ne sais pas encore ce que je fais, et toi ?

Je souris et je bois mon café.

— Tu travailles.

Je hoche la tête et il sourit à son tour.

— Je ne t'imaginais pas un tel bourreau de travail.

— Moi non plus, mais là, c'est un cas de force majeure.

— Oui, je sens bien que c'est très important. Je dois filer, alors quand tu es prête…

— Oui, merci. À bientôt.

Je le regarde traverser le carrefour, appréciant le chaloupé de son fessier dans la toile de son pantalon et puis je file moi aussi vers mon refuge.

Comme je m'immerge dans un bain, je m'immerge dans l'écriture et je m'enfonce, cette fois-ci, beaucoup plus loin. Le livre devient à la limite de l'initiation. J'ai souvent l'impression de ne rien contrôler, que tout se fait à travers moi sans avoir besoin de conscientiser ce que je tape sur le clavier. Les mots s'échappent des doigts plus que de ma tête. Du moins, c'est l'impression que j'ai en relisant les pages, me demandant souvent si c'est bien moi qui vient d'écrire ces phrases-là.

Il est minuit ce soir-là lorsque je pose le mot « fin » en bas de page. Je me lève, engourdie d'être restée trop longtemps assise, et je m'étire longuement. Je sors du placard la bouteille de whisky rapportée de Kyoto et je l'ouvre en appréciant le fumé du bouchon. Je me sers un verre et je grimpe à l'échelle pour regarder la tour Eiffel. Elle scintille encore et soudain, le noir de la nuit inonde les toits du quartier. Je trinque vers le ciel et je souris au plaisir de l'alcool subtilement tourbé glissant dans mon gosier.

Je trouve des chocolats dans une boîte et des meringues. Je n'ai pas faim. Je mange seulement pour ne pas boire le ventre vide. Dans quatre jours, c'est Noël, et je n'ai envie de rien si ce n'est dormir. Enfin, pour le moment. Demain est un autre jour.

Je me lève avant le jour et je relis la dernière partie avant d'envoyer l'histoire à Hortense. Ensuite, je me douche et je file dans les rues de Paris. Il est temps que je retrouve le rythme de la ville. Angus m'a invitée à Lyon et Rascal au Mont-Dore. Mila est en voyage en Italie, Marie avec ses moutons, Anne avec sa famille, et moi, je n'ai pas envie d'être en compagnie. Je pense faire des courses de fête et puis rester chez moi à lire et regarder des films. Besoin de me retrouver après ces mois passés dans la peau de Harper et dans un pays tellement différent. Je me sens encore en décalage et pas seulement horaire.

Je passe devant un salon de coiffure et je vois mes cheveux dans le grand miroir suspendu en vitrine. Mes cheveux, je dois m'en occuper. J'appelle Tom, l'homme aux doigts d'or. Peu de chance d'avoir un rendez-vous au pied levé, mais qui ne tente rien n'a rien.

— Le nom de Cylia s'affiche sur mon écran, se peut-il que ce soit Cyl en vrai qui appelle ?

Je me marre.

— Oui, je viens de rentrer par hasard, tu aurais un créneau avant Noël ?

— Eh bien, si tu es là dans une demi-heure, oui, je viens d'avoir une annulation.

— Parfait, j'arrive.

J'allonge mon pas, le salon est dans le dixième et j'achète des brioches sur le chemin. J'ai rencontré Tom il y a dix ans, il travaillait sur des shootings et une amie styliste m'avait invitée pour regarder une séance en studio. Je cherchais quoi faire déjà à ce moment-là, toute nouvelle façon de travailler était bonne à prendre.

Tom avait créé une page avant/après coiffure et cherchait des modèles. Je venais de terminer mes examens et mes cheveux étaient au-delà de la friche. Lorsque je lui avais donné carte blanche pour son projet, nous sommes devenus amis. Depuis, il a ouvert un salon et fait encore des before/after.

Je grimpe les escaliers et Tom ouvre la porte pour laisser passer une cliente.

— Et bonnes fêtes !

Il me sourit et presse ses mains devant lui.

— Mais regardez-moi cette sauvageonne ! D'où t'es-tu échappée ?

— J'ai trouvé les brioches que tu aimes.

— Prends-moi par les sentiments, ingrate que je n'ai pas vue depuis… mon dieu, mais cela fait un lustre au moins.

— Tu es toujours dans la mesure, j'adore, et tu vois, le temps passe, mais je ne t'oublie pas.

Tom prend le sac de boulangerie et mon caban et il m'invite à le rejoindre autour de la table basse où trône une cafetière isotherme.

— Merci pour ces merveilles, elles sont tellement légères, c'est comme croquer dans un nuage.

— Et ton café est toujours parfait.

Deux autres coiffeurs s'affairent autour de têtes féminines. Tom soulève une mèche et une autre.

— C'est quoi l'histoire de cette non-coupe ?

— Il y a un peu plus d'un an, j'ai tout tondu façon bonze et depuis, mes cheveux vivent leur vie.

— Et tu n'as pas de temps à leur consacrer.

— Ces derniers mois, pas du tout. Mais je sais que tu vas faire des merveilles.

— Tu veux que je te tonde ? lance Tom avec un sourire malicieux.

— Je veux que tu me révèles à moi-même, et si en plus, cela plaît aux autres, bingo.

— Allez, bien, jolie demoiselle, à la douche.

Tandis que ses doigts experts massent mon cuir chevelu, je réalise que Saul vit à deux pas de là. Le temps de passer au fauteuil, j'envoie un message pour lui proposer de le voir. Peut-être est-il encore à Paris.

Tom me regarde via le miroir et soulève les mèches d'un côté et de l'autre.

— Tu penses à quelque chose ?

— Je pense que tu es de toutes mes clientes celle qui s'occupe le moins de ses cheveux et qui a besoin d'une coupe qui vive sa vie sans aucune attention.

— Nous sommes d'accord.

— Tu as des cheveux superbes, ceci étant. La frange que tout le monde veut cet hiver, c'est pas pour toi, tu ne suis pas les modes. À la limite, tu les crées. Je verrais bien des mèches un peu plus courtes sur le dessus et une autre ligne à hauteur d'oreilles et la nuque à pleine plus longue, style shaggy.

— Shaggy, ça me plaît bien.

Les ciseaux de Tom virevoltent autour de ma tête et ses doigts placent et déplacent les mèches. Un rapide coup de sèche-cheveux et je suis moi en beaucoup, beaucoup mieux.

— Tu es toujours aussi doué.

— Merci, très chère. Finalement, j'aime bien te voir apparaître sous mes ciseaux, c'est très gratifiant. Je deviens d'utilité publique avec toi.

Je me marre et je bouge la tête pour mesurer l'effet à la fois léger et avec de la matière.

Tandis que je règle, je reçois un message de Saul avec l'adresse d'une brasserie.

— Bonnes fêtes, Tom, et encore merci !

— Essaie de revenir plus souvent, et bonnes fêtes !

Je file dans les escaliers en souriant. Je m'arrête devant le miroir mural du hall d'entrée et j'observe le mouvement des mèches virevoltant autour de mon visage. J'aime ma nouvelle coupe de cheveux.

Lorsque je pénètre dans le passage, j'aperçois la silhouette de Saul marchant nonchalamment et je siffle légèrement. Il se tourne et un large sourire éclaire son visage. Je marche vers lui avec ma coupe sautillante et il me prend dans ses bras.

— Là, c'est vraiment toi. Tu as terminé ta mission ?

— Oui, ça y est, je suis disponible.

— Parfait, j'ai décidé de commencer les repas de fêtes, je suis ravi que tu te joignes à moi.

Nous nous installons à une table avec vue sur la rue. Quelques tables sont déjà occupées.

Saul commande du vin blanc.

— Je pensais à un plateau de coquillages et crustacés, tu en es ?

— Absolument !

Le garçon empaqueté dans son tablier blanc impeccable prend la commande et Saul me sourit.

— Cette coupe te transcende.

— Merci.

— Je suis heureux que tu aies envie de me voir. Je n'ai toujours pas réussi à me décider où passer les fêtes.

— Tu ne pars pas en famille ?

Saul fait la grimace et lâche un « compliqué ». Je m'abstiens d'autres questions.

— J'ai une invitation dans une maison en Sologne où il vaut mieux être en couple, alors si cela te dit ?

— La Sologne est une belle région, mais pourquoi en couple ?

— C'est une amie mariée qui ne veut pas de concurrence directe. Elle pense qu'avec des couples, elle est à l'abri d'éventuels écarts de son mari.

Je fais la grimace.

— Ce genre de personnes ne m'apprécie pas, généralement.

— C'est l'expérience qui parle ?

— Tout à fait.

Le serveur débouche la bouteille et remplit nos verres. Je le remercie d'un sourire et Saul et moi, nous trinquons.

— Ensuite, j'ai des potes qui ont loué un grand chalet en Savoie.

— Hum, ça sent le plan pour mâles célibataires, ça.

— Oui, tu as raison. Boire, bouffer, baiser. Pas très, enfin, pas très. Et toi, tu as prévu quoi ?

— Je pensais acheter de bonnes bouteilles et de bonnes choses à manger et lire et regarder des films.

— Pas de famille ?

— Non, pas de famille.

— Une idée simple qui a l'avantage d'éviter les remarques désagréables ou les disputes, en effet.

— Je peux t'inviter dans mon humble demeure, si tu es tout seul.

— Hum, voilà qui demande réflexion.

— On en reparlera après la deuxième bouteille.

— Tu parles en sage.

Le plateau servi est énorme et tranquillement, nous nous attelons à la tâche de manger huîtres et bulots, crevettes et langoustines, amandes, ainsi que le tourteau et le homard. Nous nous régalons et la deuxième bouteille est apportée. La salle est pleine et mes yeux glissent un instant sur le ballet des serveurs impeccablement réglé.

— Voilà un vrai moment qui me ramène à la vraie vie.

— Oui, je suis très vrai comme mec.

Je me marre et il me tend une langoustine.

— J'aime quand une fille mange avec appétit.

— Aujourd'hui, ce n'est pas difficile, j'ai sauté pas mal de repas ces derniers temps, et puis les fruits de mer, ça se mange sans faim.

— J'aime ça. Tout ce temps, tu l'as consacré à écrire une nouvelle histoire de Harper ?

— Oui, entre autres.

— Mais tu n'as jamais pris une soirée ?

— Si, bien sûr, j'ai vécu aussi et découvert beaucoup de choses.

— Mais tu ne m'as pas appelé.

— Cela n'aurait servi à rien, j'étais loin.

— Dans une grotte ?

Je me marre et Saul remplit nos verres.

— Non, j'étais au Japon.

Saul interrompt son geste et lève les yeux, l'air estomaqué.

— Au Japon, seule ?

— Oui, bien sûr. C'est un pays parmi les plus sûrs pour les femmes.

— Mais la langue ?

— J'ai travaillé. Je me débrouille un peu laborieusement, mais je n'ai eu aucune difficulté ; entre le japonais, l'anglais et les mains, je m'en suis toujours sortie. Les personnes que j'ai croisées ont toujours été très courtoises et très patientes.

— Tu as fait des rencontres ?

— À Tokyo, un ami m'avait donné des points de chute, une bande d'étudiants en arts graphiques très sympa. J'ai vu le Tokyo underground. Et puis, au fil des balades, commerçants, restaurateurs et des artisans. Ce genre de rencontres.

— À voir ton regard illuminé, cela devait vraiment être bien. Je comprends mieux ton envie de rester posée chez toi.

— Je n'aime pas trop la période des fêtes.

— Eh bien, nous sommes deux.

Je réalise alors que je n'ai eu aucun coup de blues au passage de mon anniversaire et que je n'ai pas pensé à cette période comme lors des dix années précédentes.

Nous terminons enfin le plateau et la bouteille de vin.

— Je pense qu'une promenade s'impose après cette orgie.

— Tu m'enlèves les mots de la bouche, et merci pour cette invitation. Je n'étais jamais venue dans cette brasserie.

— Rares sont les filles à être invitées ici.

— Doublement merci, alors.

Nous marchons dans les rues pour le plaisir de marcher sans prêter attention aux boutiques et aux décorations de Noël. Lorsque nous sommes proches de l'Arsenal d'où partent les bateaux de croisière, Saul s'arrête.

— Tu as déjà fait la balade du canal ?

— Il y a une éternité.

— Ça te dit ? Ce sera mon cadeau de Noël en avance.

— D'accord, excellente idée.

L'hiver, les touristes sont là, mais en moins grand nombre, surtout pour aller sur l'eau. Nous sommes tous les deux au chaud dans nos cabans, collés l'un contre l'autre. La promenade remonte le canal Saint-Martin avec le passage couvert et le passage des ponts et le fameux hôtel du Nord, film principalement tourné en studio, mais bon, ça fait plaisir aux touristes, et nous débarquons à la Villette.

Nous nous installons à la Rotonde pour prendre un verre. Et le soir descend sur le canal.

— Tu es un compagnon très agréable.

— Je te retourne le compliment. Je t'invite à passer la nuit avec moi ?

— Avec plaisir.

— Nous achetons des choses faciles à manger sans rien avoir à faire et des bouteilles.

— Et nous nous enfermons ? C'est mieux que mon programme lecture et film.

Nous trinquons avec nos bières.

Plus tard, nous sommes dans l'appartement de Saul, dans la chambre de Saul et dans le lit de Saul. Mon corps collé au sien est parcouru de vagues de plaisir résiduel.

— Encore mieux que dans mon souvenir.

— Pareil. Tu as soif, faim ?

— Soif, d'abord.

Saul quitte la chambre et je regarde son dos de nageur. Je suis sûre que c'est de là qu'il tient cette musculature. Il revient avec une bouteille d'eau et deux bouteilles de bière.

Les coussins remontés contre le mur, nous nous asseyons.

— Si ta proposition de passer le Noël à boire et manger sans sortir tient toujours, je suis partant. Être dans un lit avec toi est nettement plus intéressant que tous mes potes réunis.

J'embrasse le torse de mon nouvel amant.

— Oui, l'invitation tient toujours.

Saul pousse un soupir de plaisir et boit une longue gorgée de bière.

— Je vais préparer un plateau, nous mangeons au lit.

— Je te laisse faire.

Le plateau composé de spécialités libanaises est très bon. Houmous, keftas, falafels, feuilles de vigne et kebbeh. Nous mangeons avec les doigts tout en parlant voyages et nous reprenons une autre forme de voyage en chambre.

Au petit matin, je me réveille lentement, ne sachant pas si je suis en France ou au Japon ou dans quel lit. J'ai passé la nuit en compagnie de Harper et je réalise qu'écrire son personnage m'a permis une mise à distance et une intégration de ce qui me faisait répéter encore et encore les mêmes situations. Ce matin, j'ai le sentiment d'avoir franchi un nouveau cap.

17

Je suis rentrée chez moi en fin d'après-midi. J'ai passé une commande chez le caviste pour me faire livrer. J'ai acheté de quoi manger sans faire de cuisine et qui soit fête. Ensuite, je me suis glissée dans un bain chaud pour faire le point. Saul me plaît beaucoup et je crois que je lui plais beaucoup également. Certes, nous nous sommes peu vus, mais je n'ai jamais eu aucun amant comme lui. Les fêtes de Noël s'annoncent très agréables.

Je vois Laura un matin dans le café où nous nous sommes rencontrées la première fois. Je lui ai apporté un bol de thé couleur céladon et une paire de chaussettes d'intérieur.

— Le bol permet de vider l'esprit et les chaussettes de garder le corps au chaud.

— Merci, Cylia, je suis très touchée. Un peu de Japon entre chez moi grâce à vous. Alors, comment allez-vous ?

— Eh bien, une année riche en évènements. Trois livres et trois amants, c'est une bonne année.

— Une excellente année, même, et je suis heureuse pour vous, c'est mérité.

— Et vous ?

— Une bonne année également. Je pars changer d'air quelque temps dans le sud de la France.

— Vous allez apprécier.

— Oui, j'aime Paris, mais le silence de la nature me manque parfois.

— Laura, pensez-vous que l'on puisse savoir qu'une personne, qu'un homme est le bon ?

— Pour un moment, sans doute. Je pense que toutes les personnes qui passent des dizaines d'années ensemble se contentent de vivre un jour après l'autre, et c'est seulement en se retournant sur leur parcours qu'elles mesurent le temps passé.

— Avez-vous trouvé une telle personne ?

— Non. Je n'ai pas cherché et j'ai toujours fait passer ma vie avant celle d'un autre. J'ai fait des choix et je ne regrette pas. Cela ne m'empêche pas de vivre de beaux moments.

— Je vous souhaite le meilleur, Laura.

Le jour du Réveillon, je complète mes achats et je réceptionne ma livraison d'alcools. Ensuite, je fais le ménage et je change les draps. Saul n'est pas porté sur la question, mais deux fois par an, je peux faire un effort de ce côté-là. Bien sûr, si je vivais là tout le temps, j'augmenterais la cadence de nettoyage. Je choisis une robe facile à enlever et je suis en train de finir une playlist lorsque mon interphone sonne. Je reconnais le « ouais » indolent de Saul.

— Dernier étage.

Je lance la musique à faible volume et j'ouvre la porte sur un Saul très élégant. Chemise blanche, jean noir et veste en cuir avec une écharpe en cachemire.

— Si Monsieur veut bien entrer dans mon humble demeure.

Il sourit et s'incline. Je ferme la porte et il me tend un sac en papier.

— À mettre au frais.

Je trouve une belle boîte de caviar et une bouteille de vodka.

— Eh bien, tu as vraiment très bon goût.

Saul fait un tour sur lui-même.

— Toi aussi, j'aime bien ton intérieur.

— Tu craignais de tomber dans une bonbonnière ?

Il se marre.

— Venant de ta part, cela m'aurait vraiment étonné.

Il monte les marches de l'échelle et siffle entre ses dents.

— La tour Eiffel scintille de mille feux.

— Champagne ou bière ?

— Champagne.

Il me rejoint dans le coin cuisine. J'ai disposé des toasts de radis noir au saumon fumé et d'autres au foie gras sur champignon.

— Tu es très jolie, une fois encore.

— Merci, j'ai trouvé un nouveau produit de beauté.

— Vraiment ?

Je pose un baiser sur ses lèvres et je lui tends un verre de champagne.

— Oui, c'est encore expérimental, mais j'aime bien les effets immédiats sur mon corps.

Saul m'enlace et m'embrasse. Les festivités peuvent commencer. Nous buvons, nous mangeons, nous baisons et nous recommençons. Le caviar est un grand moment ponctué d'autres grands moments.

Au cours de la nuit, nous prenons un bain avant de sombrer dans le sommeil.

Un Réveillon de Noël jamais vu et pas traditionnel.

— Tu fêtes souvent les Noëls de cette façon ?

— Non, c'est une première, et toi ?

— Pareil.

Je tends une tasse de café à Saul.

— Beaucoup plus excitant que d'ouvrir des paquets cadeaux.

— Nettement mieux, oui.

Je dispose brioche grillée, beurre et marmelade sur un plateau et nous nous installons sur le divan. Je regarde mon petit appartement en me demandant dans quel coin nous n'avons pas baisé. Je suis seule à l'étage. Les autres chambres de bonne servent de débarras pour la plupart. Aucune n'est équipée pour servir de logement.

— Tu as fait des photos au Japon ?

— Beaucoup, tu veux voir ?

— Volontiers.

J'installe l'ordinateur sur un tabouret et je lance le diaporama tandis que nous prenons notre petit-déjeuner. Saul ne pose pas de questions, mais reste très attentif. Je refais du café et je fais griller de la brioche.

— Je suis impressionné. Tu as un regard à la fois tendre et direct. Tes photos te ressemblent.

— Tendre et direct. Oui, tu as sans doute raison.

Saul pose un doigt sur le bout de mon nez.

— Tu as une tête de lutin, ce matin.

— Parce que j'ai vu le loup cette nuit.

— Ouuhhh.

Il me roule contre lui et m'embrasse longuement.

— Tu es un délice.

Joyeux Noël !

Bien plus tard, je sors un cadeau pour Saul.

— Ce n'était pas prévu comme cadeau de Noël, mais comme celui du voyage.

— Merci, mais je n'ai rien pour toi.

— Je me contente de ta présence et tu m'as offert aussi une promenade au fil de l'eau.

Je lui fais un clin d'œil et il déballe le Yukata que j'ai choisi dans les tons de bleu.

— Il est magnifique. Merci.

Saul le passe et il lui va. J'ai eu du mal avec les tailles, les Japonais étant rarement de la taille de Saul.

— C'est comme si j'avais un pied au Japon.

— C'est un début, en effet.

Saul marche dans l'appartement en mimant un seigneur de guerre japonais façon Kurosawa.

— Tu es doué. Combien de concubines as-tu dans ton château ?

— Depuis que je te connais, je les ai toutes répudiées.

Je souris et je bois une tasse de café.

— Tu es différente, Cyl, et je ne dis pas seulement ça par rapport à tes cheveux. Ce voyage t'a changée.

— Et c'est bien ?

— Tu sembles plus précise et plus ouverte.

— À quoi vois-tu ça ?

— Je ne le vois pas, je le sens.

Ses mots s'impriment profondément en moi. Un homme doué d'intuition, cela ne court pas les rues.

— Ce voyage m'a permis de chasser pas mal de peurs, en effet, c'est peut-être ce que tu ressens.

— Je fais partie de ces peurs ?

— Pas toi directement, mais plus largement ma relation aux hommes. Il est important de rompre le cercle de répétition lorsque tu en repères un.

— Tout à fait d'accord. Viens ici, petit scarabée.

Saul m'entoure de ses bras protecteurs et, me laissant aller contre sa poitrine, je me sens profondément bien. Nous sommes dans une étreinte au-delà du désir et du sexe. Une sensation rare et puissante sans aucun artifice ou attente.

— As-tu écrit une nouvelle histoire ?

— Oui, en effet, pourquoi ?

— Je serais curieux de voir si ton écriture a également changé.

— Je ne suis pas la mieux placée pour en juger.

— Tu veux aller te promener ?

Je regarde le ciel blanc au-dessus des toits.

— Il risque de faire froid, et si nous prenions un thé ?

Saul se marre et acquiesce de la tête.

— Avons-nous encore des réserves d'alcool ?

— Je pense que nous pouvons tenir jusqu'à demain.

— D'accord, alors je reste.

Quel délicieux Noël entre plaisirs de bouche, caviar, langoustines, foie gras, vin blanc, champagne et vodka et de longs intermèdes de plaisirs physiques. L'idée de ne plus jamais quitter l'appartement me traverse l'esprit au moment de l'endormissement.

Le téléphone vibre quelque part. J'ouvre un œil et je le vois plus loin par terre. Hortense s'affiche et je glisse du lit juste à temps pour prendre l'appel.

— Tu ne fais pas la trêve des confiseurs ?

— Désolée, mon petit, mais je suis trop excitée. Tu as écrit une histoire magnifique. Tu viens de faire un grand pas. Je ne peux pas publier ton roman dans la rubrique Romance.

— Oh ! …

— Je te publie dans la catégorie Roman.

Je marque une longue pause.

— Tu as entendu ?

— Oui, Hortense, j'ai entendu, c'est juste que, wow !

— Oui, c'est ce que j'ai dit à la fin de ton histoire, et je l'ai fait tout de suite lire à deux autres personnes et, wow, tu as grandi très vite, ma chérie.

— Eh bien, merci, merci beaucoup, je vais essayer d'intégrer tout ça.

— On se voit l'année prochaine, repose-toi et pardon de t'avoir sortie du lit.

— Tu avais une merveilleuse raison. Encore merci, Hortense.

Je repose mon téléphone par terre et je me glisse à nouveau dans le lit contre le corps chaud de Saul.

— Qui est Hortense ?

— Mon éditrice.

Je le sens sourire.

— Ton écriture a changé ?

— Il semblerait, en effet.

— Je le savais.

Il me serre plus près de lui et embrasse mon cou.

— Encore quelques minutes de sommeil et je m'occupe de toi.

Je me niche dans ses bras et je ferme les yeux. Roman. Harper, mon personnage parisien avec ses amants et ses questionnements sur le sens de la vie saupoudré de salon de thé et de soirées dans les bars, vient de prendre une autre voie. En écrivant, je sentais bien que tout était différent, mais j'écrivais dans un pays où tout est différent. Je respire profondément pour apaiser mon esprit. J'ai un homme dans mon lit, c'est pas le moment de laisser les idées gambader sur mon nouveau métier. Si écrire est un métier, d'ailleurs. Pour moi, c'est davantage un état d'esprit. Et de respiration en idée, je m'endors.

Nous avons expérimenté notre habileté au plaisir plusieurs heures durant, entrecoupées de boissons hydratantes et de nourriture, et la nuit venue, nous sommes dans un bain avec une bière et des mochis à portée de main.

— Qu'as-tu prévu ?

— Tu veux dire jusqu'à la fin de l'année ? Rien, j'ai quartier libre, et toi ?

— Et si nous passions ces derniers jours de l'année ensemble ? Balades dans Paris, flâner, manger, boire….

— Toi et moi ? Tu ne vas pas te lasser de me voir tout le temps ?

— Eh bien, j'en suis le premier étonné, mais je ne crois pas.

— Pourquoi pas.

Je regarde attentivement Saul.

— Tu n'as plus d'appartement et tu ne sais pas où dormir ?

Saul se marre.

— J'ai seulement envie d'être avec toi, et comme je n'ai rien de prévu, j'ai envie de profiter d'être avec toi. Est-ce si étonnant ?

Je reste silencieuse, laissant la question en suspens dans ma tête. Les dernières expériences m'ont rendue suspicieuse. Je ne prends plus rien pour évident. Je cherche sous la surface.

— Je peux te laisser tranquille, si tu préfères, ou tu peux venir chez moi ? Je comprends ta réticence. Les hommes manquent parfois d'élégance.

— Chez toi, il n'y a pas de baignoire.

Saul sourit largement.

— Et mon lit est bien moins confortable.

— Pour le Réveillon du jour de l'An, tu as des pistes de fête ?

— Je peux en trouver. Tu veux faire la fête ?

— Je ne sais pas. Cette année a été tellement différente.

— Alors, faisons quelque chose de différent.

Nous sommes allongés sur le futon et Saul promène sa main sur mon dos.

— Lorsque j'ai passé mon bac, je voulais être ostéopathe.

— Et tu l'es devenu ?

— Oui.

— Alors, tu sais comment sont faits les corps ?

— Oui, enfin, anatomiquement parlant. Ce qui est mystérieux, c'est l'effet de la tête sur le corps.

— Et tu pourrais me débloquer si j'étais coincée ?

— Je ne pratique pas depuis longtemps, mais j'ai bonne mémoire. Je sais encore écouter et ressentir.

— Tu fais allusion à mes questions laissant entendre que tu n'es pas franc ?

— Je sais ce que c'est, le mensonge. Je vais te raconter une histoire. Un jeune type fougueux rencontre un jour une fille qu'il pense être l'unique. Il lui fait la cour et la demande en mariage. Il règle les détails de la cérémonie et de la réception et des invitations parce que l'amour de sa vie veut un grand mariage. Et puis un jour, alors qu'il vient lui apporter les cartons d'invitation pour qu'elle les envoie à sa famille et ses amis, il la trouve au lit avec un autre homme. L'unique était une fille comme une autre avec un type comme un autre.

— Qu'a fait le type ?

— Il a changé de vie. Métier. Ville. Amis. Et il n'a jamais pensé croiser une unique à nouveau.

La main de Saul caresse mon omoplate et remonte sur ma nuque.

— Je sais tes réticences à croire ce que je te dis. Je les comprends.

— Tu es décidément un type étonnant.

Il sourit et embrasse mon épaule et mon cou. Je m'enroule autour de lui.

— Tu sais ce que j'aimerais faire ?

— Je t'écoute.

— Visiter les catacombes. J'ai toujours eu la trouille jusqu'à présent.

— À cause de la mort ?

— Plutôt quelque chose autour de la claustrophobie.

— D'accord.

Nous nous embrassons et nous glissons dans la nuit.

L'odeur du café me réveille. Saul est nu devant le comptoir de la cuisine et il dresse un plateau.

— Ce sont les dernières tranches de brioche, les réserves s'amenuisent.

Je me redresse dans le lit et j'écarte la couverture pour lui faire de la place.

— Merci. J'ai dormi comme un bébé.

— Ensuite, promenade, exploration et ravitaillement. Que veux-tu manger pour le Réveillon ?

— Là, tout de suite, je ne sais pas.

— D'accord. Café !

Nous marchons d'un bon pas vers Denfert-Rochereau, lui dans sa veste cuir et moi dans mon caban. Il fait très beau et l'air vif et sec fouette les joues.

La visite est passionnante et intrigante. Quelle drôle d'idée de gérer les ossements ainsi. Lorsque nous regagnons la surface, je respire profondément.

— Eh bien, merci de m'avoir permis de franchir cette limite invisible.

— À ton service.

— Tu avais déjà fait cette visite ?

— Pas exactement celle-ci. J'ai traîné avec des types qui explorent le sous-sol parisien, à une époque.

— Je vois. Là, je suis vraiment trop claustrophobe.

Saul me serre contre lui.

— Tu as faim ?

— Un peu.

— Allons manger des crêpes.

Nous nous installons dans un restaurant ancien très lumineux et l'odeur des crêpes m'ouvre l'appétit. Saul regarde son téléphone.

— Tu te souviens de Sylvain et son restaurant ?

— Bien sûr.

— Il organise une soirée pour le Réveillon, ça te dit ?

— Pourquoi pas.

Il envoie une réponse et range son téléphone. Nous passons un moment sur la carte et Saul commande de la bière. Nous prenons deux complètes et nous mangeons avec appétit.

— Alors ? Ma présence ne te perturbe pas trop ?

Je lui souris.

— Ta compagnie est très agréable. Je crois que tu es ce que tu dis.

— Les coups de couteau dans le dos et les mensonges, c'est pas mon truc. Nous sommes dans un moment entre parenthèses et j'apprécie d'être avec toi. Cela ne m'arrive jamais de partager ainsi mon temps. Et j'aime profiter du moment présent.

Je regarde cet homme pudique malgré ses airs de fanfaron en public et une sensibilité cachée à l'intérieur d'une grande carcasse. L'histoire qu'il m'a racontée à la troisième personne, c'est la sienne. Ce que j'ai vécu avec Jonas ou Ariel a tout juste froissé un orgueil mal placé. Être trompé par la femme que l'on aime est une histoire à perdre à jamais toutes ses illusions. Il donne l'impression d'être un mec à filles, parce que le meilleur moyen de se cacher, c'est en pleine lumière.

— Alors, tu aimes ?

Je reste un instant suspendue au mot jusqu'à réaliser qu'il parle de la crêpe.

— Oui, c'est délicieux.

— Tu étais partie au Japon ?

— Quelque chose de plus frivole ; je pensais à ma tenue pour le Réveillon.

— Hum !

— Et je pensais à toi.

— Je suis là et tu penses à moi ? Je dois être flatté ?

— Oui, tout à fait, tu cumules les points positifs.

— Je ne m'y fierais pas trop. Tu es sous le charme, mais rien ne dure.

— Oui, je sais. Je profite du moment.

— Bonne attitude.

Nous rentrons en faisant quelques courses. Le froid devient plus vif avec le soir et, naturellement, nous nous réchauffons mutuellement.

La notion de temps est un découpage arbitraire mis en place afin de pouvoir tous vivre en accord sur la planète. Le temps ne s'écoule pas et les physiciens vont jusqu'à dire que le temps n'existe pas. Les quatre jours de la fin de l'année passés avec Saul semblent être des jours au temps suspendu. Comme si nous parvenions à explorer chaque minute encore et encore et à avancer très lentement jusqu'au 31 décembre sans ennui, sans lassitude, mais dans un appétit de nous-mêmes que je n'ai encore jamais exploré.

— Tu as des frères et sœurs ?

Je lève la tête de ma tasse de thé, les cheveux encore en bataille après un de nos fameux rounds de plaisir.

— Non, fille unique, et toi ?

— Pareil. Tu es née à Paris ?

Je me redresse et je dégage du bout des doigts les mèches autour de mon visage.

— C'est l'heure des questions ?

— Cela te dérange ? J'ai exploré quelques parties de toi, mais je ne sais rien de toi et « tes origines ».

Saul accompagne du geste des doigts pour simuler les guillemets ; cela me fait sourire.

— D'accord.

Je remplis ma tasse de thé.

— Je suis née à Lyon d'une famille lyonnaise, anciennement soyeux. Mon père était dans la finance et ma mère, après des études de droit international, est devenue son assistante personnelle.

— Ils travaillaient ensemble.

— Oui, ils étaient comme les deux doigts de la main. La seule règle : ils ne parlaient pas boutique à la maison. Mes parents étaient des êtres passionnés et ils ont toujours encouragé ma liberté. Il existait entre eux une émulation que je n'ai jamais rencontrée depuis.

— Sans vouloir amoindrir ta part de responsabilité, je comprends mieux d'où vient ton tempérament. Tu en parles au passé.

— Oui, ils sont morts dans un accident d'hélicoptère. Aussi horrible qu'ait pu être leur mort, je me console en pensant que les inséparables sont partis ensemble vers un ailleurs.

Saul me regarde intensément. Ses yeux regardent à l'intérieur de moi le temps d'un silence dense, comme s'il pénétrait mon corps et mon âme, comme j'aime enfoncer mon doigt dans un pot de golden syrup pour en sentir la substance.

— Et toi ?

— Je suis le fruit d'une rencontre fortuite lors d'un Bal des pompiers. Mon père volage et à la limite de l'alcoolisme et ma mère candidate répétée aux hôpitaux psychiatriques. J'ai très peu connu ma mère. Mon père, je l'ai supporté jusqu'à obtenir mon bac et à prendre mon indépendance. Je donnais des leçons de natation et j'ai payé mes études tout seul.

— J'en étais sûre !

La phrase m'a échappé.

— Pardon ?

— Pour la natation. Ta musculature ne pouvait venir que de la nage. Pour le reste, je comprends mieux la façade que tu présentes et ta sensibilité sous-jacente.

Saul sourit et mord dans une brioche.

— Et tu vis de l'écriture ?

— Pas vraiment. Cette année, ça paye les factures, mais mon parrain est lui aussi dans la finance et, sans être riche, mon capital me permet une certaine indépendance sans courir après les petits boulots. Tu es rassuré ? Je ne suis pas une coureuse de portefeuille. Et toi ?

— Je suis autonome, et si ça continue comme ça, bientôt à la retraite.

— Pas mal !

— Tu me vois sous un nouveau jour ?

— Pas exactement. Tu confirmes ce que je sens, et quant à l'argent, j'ai le snobisme de ceux qui n'en ont jamais manqué. L'argent est un moyen, pas un but.

Saul se lève, grimpe sur l'échelle et ouvre la fenêtre en passant la moitié du corps dehors.

— Tu sais qu'il fait un temps magnifique ?

Je m'approche de lui et j'embrasse ses fesses.

— Où veux-tu aller ?

Il redescend de son perchoir et me prend dans ses bras.

— Je veux marcher avec toi dans les rues de Paris couleur de fête et je veux manger de la viande ! Parce que tes dînettes de poisson cru et miso avec des légumes grillés, j'aime bien, mais je suis un homme qui dépense beaucoup d'énergie à te combler et…

Il soulève un œil moitié inquiet.

— Je te comble n'est-ce pas ?

Je l'embrasse en riant.

— Allez viens, Cro-Magnon, partons à la chasse au mammouth.

— Je savais que la femme des cavernes dormait toujours en toi.

— Tu ne crois pas si bien dire.

— Éventuellement, je passerais bien chez moi pour me changer. Je dis ça, mais c'est pas obligatoire.

— D'accord, exploration du monde extérieur, je m'habille.

Je passe le pantalon kilt d'Angus et un pull avec mes boots et je surprends le sourire de Saul.

— Tu portais ce pantalon lorsque je t'ai vue la première fois.

— Tu as bonne mémoire.

— C'est pas tous les jours que je vois un tel pantalon, et tout le monde n'est pas capable de le porter avec autant d'élégance et de désinvolture.

— Alors, malgré le nuage de filles autour de toi, tu m'avais remarquée.

— J'ai l'œil affûté du chasseur.

Il me lance un clin d'œil et enfile sa veste.

— Prête !

— Let's go !

Lorsque nous traversons le pont des Arts, Saul écarte largement les bras et inspire à pleins poumons.

— Ici, c'est Paris.

Je me marre et nous reprenons notre marche.

— Où aimerais-tu vivre hormis Paris ?

— Je ne sais pas. J'ai passé dix ans à déménager tous les six mois au mieux, alors d'être posée, j'apprécie. Et toi ?

— Je ne sais pas. J'aime tellement cette ville. Elle m'a donné une nouvelle vie, alors comme avec une maîtresse, je lui suis comme redevable.

— Je dois m'inquiéter de la concurrence avec Paris ?

Saul m'attire contre lui et embrasse le sommet de mon crâne. Sans talons, je suis avec mon mètre soixante-huit, nettement plus petite que lui.

— Je ne baise pas avec Paris.

Une fois dans son quartier, nous passons d'abord chez lui afin qu'il se change et ensuite, il m'entraîne dans les rues.

Nous croisons plusieurs personnes qu'il salue et un type d'environ cinquante ans l'arrête. Sa tête me dit quelque chose.

— Tu es partant pour le projet ?

— Affirmatif, dis-moi où et quand et je suis là.

— D'accord, je t'envoie un message.

Le type part et nous arrivons à destination. Un restaurant de viande.

Nous nous installons et le garçon apporte un pichet de vin tandis que nous choisissons.

— Tu connais tout le monde ?

— Ce serait présomptueux, mais je vis dans ce quartier depuis dix ans, alors, forcément…

La viande est parfaite et Saul mange avec appétit.

— Désolée de t'avoir contraint à ma cuisine de fille.

— D'un autre côté, avec un seul feu et pas de four, tu t'en sors très bien. C'est juste que j'ai fait beaucoup d'exercice, ces derniers jours. Tu me donnes de l'appétit.

— Salut, Saul !

Nous relevons la tête pour découvrir une fille liane avec des cheveux bouclés entourant un adorable visage.

— Tu as vu Ben pour le tournage ?

— Oui, Mira, je viens de le croiser.

— Alors, à bientôt !

— À bientôt.

— Une prochaine partenaire ?

— Oui. Ne me demande pas dans quoi, c'est de l'impro.

— Je ne suis pas du genre intrusif, si ça peut te rassurer.

— Je pense que nous sommes sur la même longueur d'onde, tous les deux. Respect et liberté.

— Oui, c'est l'esprit.

— Je ne veux pas te faire peur, mais lorsqu'une personne me plaît comme tu me plais, je ne vois plus les autres potentiels plans cul. Et toi, tu risques de les effacer un bon bout de temps.

— Et je ne suis pas du genre à avoir besoin de me rassurer à coup de séduction.

— Un dessert ?

— Je passe.

— Oui, tu as raison, une glace plus tard ?

— Voilà qui me plaît.

Lorsque nous nous retrouvons dans la rue, Saul sourit.

— Et maintenant ?

— En prenant notre temps, nous devrions arriver à la bonne heure pour déguster une glace dans un lieu que j'aime beaucoup.

— D'accord, alors promenons-nous.

Nous zigzaguons entre les rues et les boutiques. Je découvre qu'il aime autant que moi prendre le temps de regarder un détail de façade ou une porte ouvragée.

— Je te dois un cadeau.

— Tu es mon cadeau, c'est bien mieux que tout ce que tu peux trouver en boutique. Et puis tu m'as offert la promenade sous terre et sur l'eau.

— Merci. Oui, c'est vrai. Tu penses quoi du mariage et des enfants ?

Je m'arrête au milieu du trottoir et je fronce les sourcils.

— C'est pas un peu tôt dans notre relation ? Et ensuite, tu comptes passer mon lapin à la casserole ?

Saul se marre.

— C'était seulement une question théorique. Je peux te demander ce que tu penses du cigare, si tu préfères ?

— Le cigare, j'aime bien, mais j'ai arrêté de fumer et le cigare aussi.

— Et le mariage ?

— Je ne me vois pas dans le rôle. Aucun goût pour la robe meringue et les réceptions m'ennuient. Et théoriquement, tu en penses quoi ?

— J'aime pas non plus l'idée de porter une robe.

Nous nous marrons.

Dans le Marais, les rues étroites sont envahies par des acheteurs compulsifs de dernière minute. J'entraîne Saul dans un lieu qui, de l'extérieur, n'affiche rien de particulier. À l'intérieur, canapés Chesterfield et boiseries. Un long comptoir avec une dizaine de tireuses de bière et des bouteilles devant un miroir mural. Il y a quelques clients sirotant tranquillement leur bière. La rupture avec l'effervescence de l'extérieur est agréable.

— Tu viens manger tes glaces dans un pub ?

— C'est un très bon pub. Et le patron fait lui-même ses glaces.

— D'accord, et on peut boire une bière plutôt qu'un thé ?

— Exactement.

— J'aime déjà cet endroit.

Nous nous installons côte à côte sur la banquette.

— Cylia, quel plaisir !

Bob, du haut de sa large stature, arrive bras ouverts.

— Cela fait un moment. Monsieur !

— Bob, voici Saul. Nous avons envie de glaces.

— Vous êtes au bon endroit. Je vous laisse choisir.

La carte contient des pépites comme celle au beurre de cacahuète et la vanille de Tahiti, la meilleure, sans parler du caramel ou du yaourt. Je me perds dans les parfums.

— Voilà qui s'appelle une carte de glaces.

— Et tu n'as pas vu celle des bières.

— Il ferme tard ? Parce que je pense que nous devrions passer le reste de la journée et la soirée ici.

— C'est envisageable.

Saul me regarde un long moment.

— Étonnante !

Nous prenons trois boules de glace chacun et deux bières brunes.

— La vie est belle !

— Oui, en effet, quand on sait la prendre.

— Pour la soirée de Réveillon, il y a un dress code ?

— Non, Sylvain est un type simple, tu peux même venir en pyjama si ça te chante.

— Hum, je n'ai pas de pyjama.

Saul se marre.

— Pourquoi cela ne m'étonne pas ?

Je pousse un léger gémissement. La cacahuète et le yaourt se marient parfaitement.

— Définitivement, je fais mienne cette adresse, tu permets ?

— Avec plaisir.

— Comment as-tu trouvé cette merveille ?

— Il y a quelque temps, j'écrivais pour un webzine sur la gastronomie. Je ne suis pas une experte, mais je me suis fait une spécialité des adresses insolites. Un orage m'a poussée à chercher refuge, c'est comme ça que j'ai poussé la porte.

— Et le hasard n'existe pas.

— Tu m'ôtes les mots de la bouche. Mon papier a attiré une nouvelle clientèle et Bob est devenu un ami.

— Vive ton flair !

Nous sommes hors du temps. Nous pourrions être n'importe où dans le monde et nous goûtons encore d'autres parfums de glace et d'autres bières.

Saul me raconte quelques anecdotes de sa vie et je parle des endroits où j'ai vécu.

Collés l'un à l'autre par le bras, nous rions et j'inscris mentalement ce moment comme l'un des préférés de ma vie.

— Nous devrions rentrer.

— Si tu veux. Une dernière bière ?

— Non, il devient urgent que je me trouve dans une intimité totale avec toi.

— D'accord.

Bob nous souhaite une bonne fin d'année.

Notre retour se fait en mode rapide. Un peu parce qu'il fait froid et un peu parce que Saul est vraiment pressé. Nous sautons le dîner, ce soir-là, et le dîner n'est pas le seul à être sauté.

— Ta baignoire est vraiment très agréable.

— Oui, dur de s'en passer quand on y a goûté.

— Le Japon, c'est pas une envie récente, n'est-ce pas ?

— Non, cela m'a pris à l'adolescence, et puis j'ai oublié.

— Tu t'es oubliée.

— Oui, aussi. Et toi, ta reconversion ?

— En arrivant à Paris, j'ai décidé de gagner de l'argent. Beaucoup d'argent.

— Et ça marche ?

— Plutôt bien, mieux que si je bossais dix heures par jour dans mon cabinet d'ostéopathie.

— Et où vivrais-tu si tu quittais Paris ?

— Un endroit sans voisins avec l'eau pas loin. Du silence et de la nature.

— Oui, c'est pas mal. J'ai un ami architecte ; depuis des années, je lui dis qu'un jour, il dessinera la maison dans laquelle j'habiterai.

— Encore quelques livres et tu le feras.

— Peut-être. Pour le moment, j'aime vivre à Paris.

Il me tend la paume de sa main que je viens claquer de la mienne.

— C'est ici, aujourd'hui. Tu es locataire ?

— Non.

— Je comprends mieux la baignoire.

— Oui, mon luxe. Je vis dans un petit espace sous les toits, mais j'ai une baignoire de luxe.

— Tu es une fille simple, finalement.

— Finalement.

Nous pouffons de rire.

— Oui, une baignoire en Hinoki, du caviar et des bulles au frais, une vie simple.

— Le jour du Réveillon, je ferai des courses pour avoir de quoi boire et manger chez moi pour l'after.

— Je vais déjà aller chasser quelque chose pour aujourd'hui. Mon régime miso sans poisson, c'est encore plus insuffisant. Je tiens à te garder en forme jusqu'à la fin de l'année.

Saul m'attire sur lui et m'embrasse avec volupté.

— Je viens avec toi.

L'air frémissant de la fin d'année flotte dans les rues. Les lumières et les couleurs des vitrines clignotent pour attirer les clients. Les enfants circulent sur toutes sortes d'objets roulants reçus à Noël et les mères ou grand-mères peinent à suivre. Nous croisons un micro chien en manteau de fourrure plus gros que lui. D'un même regard, nous l'observons hésiter à sauter le trottoir jusqu'à ce que sa maîtresse le prenne au bras.

— Tu aimes les animaux ?

— Oui, en théorie, parce que je n'ai jamais eu la vie qui allait avec. Mes grands-parents avaient des Deerhound.

— De vrais chiens.

— Oui, pas des jouets. Et toi ?

— J'ai grandi avec un Labrador. Un chien d'une loyauté incroyable. Lorsque mon père avait trop bu et tentait des gestes violents, le chien l'empêchait d'approcher. Mon gardien et ma nounou.

— Comment s'appelait-il ?

— Sam ! Et toi ?

— Skip and Shout.

— Excellent.

Nous mangeons dans un bistrot. Saul choisit un steak au poivre et moi une andouille AAAAA et ensuite, nous allons faire quelques courses pour les deux derniers jours. Je marche d'un même pas avec un homme et nous passons nuit et jour ensemble sans que cela ne pose question.

L'évidence. Est-ce ce que je partage avec Saul, cette évidence que j'ai vue entre Rascal et June ? Mon évidence est liée à ces heures passées à deux, moi la solitaire. Saul est comme une partie de moi. Le discours sur les flammes jumelles ou les âmes sœurs m'ennuient. Saul est différent de moi, mais à le côtoyer, je me sens comme en ma compagnie, mais en beaucoup mieux.

18

Une année, douze mois et une décision. Rompre le cercle de la répétition. J'ai trouvé une nouvelle voie de travail. J'ai posé mes valises. Et maintenant, Saul entre dans ma vie. L'action entraîne le changement. Sans prise de décision, je serais encore à faire un boulot d'hôtesse d'accueil n'importe où et je serais n'importe qui, perdant peu à peu l'estime de moi-même et attirant des hommes qui prennent et jettent sans considération. Pourquoi accorder de la valeur à une personne qui ne pense pas en avoir ?

L'écriture a ravivé qui je suis à l'intérieur depuis toujours. Pas cette petite fille masquant d'un sourire un chagrin profond, errant dans l'existence à travers une fuite éperdue. La vie est imprévisible, mais je suis très bien lotie et je dois en faire quelque chose.

Les rencontres se produisent lorsque vous vous mettez en recherche de quelque chose de différent. Les opportunités se présentent parce que vous vous ouvrez à autre chose. Des petits riens qui finalement aboutissent à un changement profond. Et surtout, avancer même sans savoir où aller sans crainte de ne pas savoir ce que sera demain.

Ce soir, c'est la dernière nuit de l'année. Nous sommes chez Saul et je sors de la salle de bains, portant une robe moulante en soie bleu nuit et des sandales à talons.

— Oh !

— Oui, comme ça, je me sens à ta hauteur.

— Ravissante.

— Tu es pas mal, toi aussi.

Saul porte une chemise blanche de smoking avec un pantalon kaki légèrement satiné.

— Si un concours du plus beau couple est organisé, nous gagnerons.

Je me marre et je termine ma bière.

— À minuit, nous allons disparaître et la vie va redevenir comme avant ?

Je fronce les sourcils en prenant une nouvelle bière que me tend Saul.

— Que veux-tu dire ?

— Ces derniers jours ont été, enfin, sont irréels, non ?

— Tout dépend si tu veux y croire ou pas. As-tu l'impression d'avoir été dans la peau d'un autre ?

— Plutôt d'avoir vécu comme jamais auparavant.

— C'est peut-être un moment entre parenthèses ou le début d'autre chose. Nous le saurons plus tard avec un peu de recul.

— Tu vas repartir en voyage ?

— C'est possible, mais je n'ai rien de prévu, pourquoi ?

— L'impression que tu vas disparaître.

— Tu fais un coup de grisou de fin d'année. Dans quelques verres, cela ira mieux.

Nous marchons d'un pas rapide dans la nuit froide. Le restaurant de Sylvain est plein de monde et la musique invite à la danse. Les tables sont couvertes de mini burgers ou de brochettes et de boulettes.

Sylvain nous salue en nous glissant une coupe de champagne dans les mains.

— Bienvenue pour la dernière nuit de l'année.

Nous trinquons et je reconnais quelques visages.

— Eh merde !

Je me tourne pour voir une fille fondre sur Saul.

— Mais tu es encore vivant ? Comme tu ne répondais jamais à mes appels, je pensais qu'au mieux, tu avais quitté la ville. C'est toi la nouvelle fille qu'il fourre dans son lit ? Méfie-toi de ce type, il ment comme il respire, il ne s'en rend même pas compte.

Un type arrive et passe un bras autour des épaules de la fille.

— Sandra, tu avais promis.

— Ce type est…

— Une erreur, d'accord, tout le monde le sait, et toi, tu devrais venir boire un peu de champagne.

Je cache un sourire dans mon verre et Saul remplit le sien avec la bouteille que Sylvain vient de lui passer.

— Je suis désolé, je ne savais pas qu'elle venait.

— Tu n'y es pour rien.

Sylvain remplit mon verre.

— Cyl, ne prête aucun crédit à ce qu'elle raconte.

— Nous avons chacun nos propres expériences et je ne suis pas elle.

— Tu parles comme un sage.

Sylvain me sourit et continue de remplir les verres.

Nous nous frayons un chemin parmi les autres invités pour manger un mini sandwich quand nous entendons encore la voix de Sandra. Cette fois-ci, l'homme qui l'accompagne l'entraîne dehors.

— Tu dois avoir une piètre opinion de moi ?

— Pourquoi ? Parce que tu n'as pas répondu aux appels d'une fille ?

Saul sourit et me tend une brochette de cœur de canard.

— Merci.

Les heures suivantes, nous buvons et nous mangeons et nous dansons et nous échangeons avec les autres. Sandra n'est pas revenue.

Chaque rencontre est une nouvelle histoire et nous sommes différents avec chaque partenaire. J'ai pu me comporter en salope avec certains, et d'autres m'ont rendu la pareille, et cela ne fait pas de chacun de nous d'ignobles individus. Tout est histoire de rencontre et de moment. Rencontrer un homme à la sortie d'une relation désastreuse n'est pas gage de réussite. Nous sommes à un instant T différent et ce n'est pas parce qu'une relation ne fonctionne pas qu'il en sera de même pour toutes les relations.

Saul m'embrasse longuement aux douze coups de minuit et je me sens heureuse et en harmonie. Pour combien de temps encore ? Peu importe, ce que je vis est déjà supérieur à tout ce que j'ai vécu. La fin d'année est un moment où l'on fait des vœux, non ? En prenant garde à ce que l'on souhaite, car les vœux se réalisent.

Lorsque nous rentrons chez Saul, quelques fêtards traînent dans les rues.

— Nous n'avons pas disparu.

— Pas encore.

— D'accord. Demain, je rentre chez moi et rien de ces derniers jours n'aura existé ?

— Peut-être.

— OK.

Une fois chez lui, je déboutonne la chemise de Saul lentement.

— Tu te sens heureux ?

— Là, tout de suite ?

— Dans ta vie, en toi ?

— Parfois.

— Mets ce sentiment de joie à l'intérieur de toi et garde-le pour toi. C'est comme une braise qui ne s'éteint jamais, et si tu souffles dessus, tu peux allumer un grand feu.

Saul m'embrasse en m'enroulant dans ses bras.

— Et si je suis heureux avec toi ?

— Sois-le déjà pour toi seul, c'est la condition pour pouvoir l'être avec une autre personne.

— D'accord.

Nous nous embrassons et nous nous aimons. Demain, au réveil, nous aurons peut-être disparu ou bien je serai seule dans mon lit. Peut-être. C'est la nouvelle année, le champ des possibles est ouvert. Et si... Comme ce jeu des enfants. Et si...

À découvrir dans la collection

My Feel Good

Pas de chichis entre amies – Laure Enza

Trois ballons jaunes – Marie-Claude Catuogno

Trois étoiles d'or – Marie-Claude Catuogno

La brèche – Sandrine Noyer-Martin

Découvrez les autres collections de JDH Éditions

Magnitudes

Drôles de pages

Uppercut

Nouvelles pages

Versus

Les collectifs de JDH Éditions

Case Blanche

Hippocrate & Co

Romance Addict

F-Files

Black-Files

Les Atemporels

Quadrato

Baraka

Les Pros de l'Éco

Sporting Club

L'Édredon

La revue littéraire de JDH Éditions

Venez découvrir les textes de la revue

**Textes et articles dans un rubriquage varié
(chroniques, billets d'humeur, cinéma, poésie…)**

Suivez **JDH Éditions** sur les réseaux sociaux
pour en savoir plus sur les auteurs,
les nouveautés, les projets…

Inscrivez-vous à notre Newsletter sur
www.jdheditions.fr
Pour recevoir l'actualité de nos nouvelles
parutions